双葉文庫

千代ノ介御免蒙る

両国の華

早見俊

目次

両国の華　千代ノ介御免蒙《こうむ》る

この作品は双葉文庫のために書き下ろされました。

第一章　女花火師

一

「夏と申せば、花火でございます」

一柳千代ノ介《いちりゅうちよのすけ》の一言が夏の騒動の幕開けであった。

天保《てんぽう》二年（一八三一）皐月《さつき》二十八日、江戸は川開きの日を迎えた。今年の皐月はひときわ雨に祟《たた》られ、梅雨《つゆ》が明けないのではないか、という嫌な噂が流れた。天明《てんめい》の大飢饉《だいききん》の再来だと囃《はや》し立てる輩《やから》も現れたのだが、米の値を吊り上げようと目論《もくろ》む米問屋が噂の出所とわかり、町奉行所からきつく咎《とが》められた。

それでも雨は降りやまず、人々の不安はくすぶり続けたが、二十七日にはぴたりと止み、今日は朝から江戸っ子の鬱憤《うっぷん》を晴らすかのような青空が広がった。夜の帳《とばり》が下りた今は花火が夜空を彩《いろど》っている。

両国橋界隈《りょうごくばしかいわい》は、押すな押すなの人だかりだ。花火を楽しもうと立ち止まりでもしたら、たちまち後ろから押される。花火に気を取られ、見上げてばかりいると懐《ふところ》が危ない。

「梨本《なしもと》さま、すりにご用心くだされ」

一柳千代ノ介が振り返って注意を促すと、梨本十郎左衛門《じゅうろうざえもん》は将軍徳川家斉《とくがわいえなり》に目を配った。花火を見に来たのか、人混みに揉まれに来たのかわからない有様だ。やはり、納涼船《のうりょうせん》を貸し切ればよかったと千代ノ介は悔いて、川面《かわも》に視線を落とした。

「そうでもないか」

大川《おおかわ》も船でびっしりだ。芸者や幇間《ほうかん》を揚げて宴《うたげ》を張る屋根船、屋根船に酒や肴《さかな》を売ろうと近づく艀《はしけ》、こんな時にも吉原《よしわら》通いをする男を乗せた猪牙舟《ちょきぶね》で溢《あふ》れている。

どこもかしこも人、人、人だ。

両国橋界隈は川開きの日から三カ月間、涼を求める町人たちのために夜間営業が許される。その間は床見世《とこみせ》や屋台が建ち並び、江戸随一《ずいいち》の盛り場となる。

盛り場とはいえ、下々《しもじも》が群れ集《つど》う界隈を将軍と幕臣が歩いている。

お忍びの原因を作った男、一柳千代ノ介はこの春から新設された中奥目付《なかおくめつけ》を務める。取り立てて背は高くはないががっしりとしており、浅黒く日焼けした顔と相まって武芸者を思わせる。ところが、武芸者らしくはないのが面相で、薄い眉に鼻筋が通っているのは凜々《りり》しくはあるが、唇がやたらと紅《あか》い。このため、笑みをたたえるとなよっとなり、二十五歳という年齢よりも若く見える。

そんな千代ノ介であるから、盛り場を歩こうものなら、与《くみ》し易《やす》しと踏んだ気性の荒い連中から喧嘩《けんか》を売られることが珍しくはない。売られた喧嘩を買うのは千代ノ介の信条で、喧嘩を売られに盛り場を歩いていたものだ。さすがに、将軍側近となってからは慎《つつし》んでいるのだが、人混みに紛《まぎ》れると喧嘩の虫が疼《うず》いてくる。

もう一人のお供、梨本十郎左衛門は五千石、百俵十人扶持《ぶち》の千代ノ介には仰《あお》ぎ見なければならない大身《たいしん》の旗本、しかも奥向《おくむき》を取り仕切る御側御用取次《おそばごようとりつぎ》の要職にある将軍家斉の側近だ。

両国橋や川端《かわばた》、船からは、

「ほ〜しや〜」

とか、

「た〜まや〜」

の声が上がっている。

星屋《ほしや》は四年前に出来た新興の花火屋、玉屋《たまや》は二十一年前、老舗《しにせ》の鍵屋《かぎや》から暖簾《のれん》分けされて独立した。川開きの日、両国橋の上流を星屋と玉屋が、下流を鍵屋が受け持って花火を打ち上げている。

花火はいいのだが、歩くにも困難な所に家斉を連れてくるのではなかったと改めて悔いると、梨本も不満そうな顔をしている。ところが当の家斉は楽しげである。柔らかな笑みをたたえて軽やかな足取りで歩いていた。

三日前、千代ノ介は家斉に花火の番付表を提出した。

番付表は本来、相撲《すもう》興行に際して発行されるのだが、この時代、相撲番付表を真似《まね》て様々な人、名物、名所、事件等が番付表にされている。多くが相撲番付表と同様に東西に分け、最高位は大関《おおぜき》とし、関脇《せきわけ》、小結《こむすび》、前頭《まえがしら》という序列で評価する。公的なものではなく、酔狂《すいきょう》な者たちが物見高《ものみだか》い江戸っ子を面白《おもしろ》がらせようと勝手気儘《かってきまま》に発行しているのだ。

昨年の弥生《やよい》、家斉は江戸城吹上御庭《ふきあげおにわ》で相撲を見物し、その際に献上された相撲番付をいたく気に入った。その後、様々な番付表があることを知り、江戸市中に出回る番付表の真偽を確かめることや面白い番付表を見つけ出す役目を新設した。

その役目、番付目付を千代ノ介は担《にな》うことになった。ただ、将軍が番付表などという下世《げせ》話《わ》な物のために役目を設《もう》けるなど外聞《がいぶん》が悪いということで、表向き中奥目付としている。

番付表には花火師たちが工夫を凝らした花火が載せられていた。「柳火」「群光星」「金傘」「銀河星」「村雨星《むらさめぼし》」といった想像するだに煌《きら》びやかな花火や、「乱火」「光雷鳴」という恐ろしげな花火、更《さら》には、「子持《こもち》乱星」「飛乱星」などという花火師の創意工夫が読み取れる花火が上位を占めた。目につく花火は星屋が多く、玉屋が続き、老舗の鍵屋は押され気味である。

硫黄《いおう》、硝石《しょうせき》、木炭の配合によって作られるこの時代の花火は橙《だいだい》色《いろ》の単色で、明治以降、化学薬品の輸入により、色とりどりとなった今日《こんにち》の花火とは違う。それでも、漆黒《しっこく》の空に一瞬の時を刻んで花開く図柄に、花火師は技と誇りをかけていた。

家斉は思いの外《ほか》に興味を示した。例年城から花火を見てはいたが、今年は是非《ぜひ》とも間近で見てみたいと言い出したのだ。梨本が両国界隈は無礼な町人どもでごった返すと反対したのだが、家斉はむしろそのほうが庶民の声を聞くことができる、と民情視察を言い立てた。

梨本は引き下がり、お忍びで花火見物にやって来たのである。

庶民の賑《にぎ》わいに身を置くことは、民情視察を名目とした家斉らしい気紛《きまぐ》れであろうと千代ノ介は解釈したが、梨本は不満そうに顔を曇らせたままだ。

「上さま、あ、いや、川平《かわひら》殿、そろそろ帰りませぬと」

家斉の斜め後ろを歩く梨本が声をかけた。

家斉がお忍びで市中を出歩く時には、直参《じきさん》旗本、川平斉平《なりひら》と名乗っていた。身なりも菅笠《すげがさ》を被《かぶ》り、濃紺《のうこん》の小袖の着流し、大小を落とし差しにするといった、いかにも旗本の気楽な外出姿だ。家斉に合わせ、千代ノ介も梨本も単衣《ひとえ》を着流して菅笠を被っている。

ただ、千代ノ介は腰に差す、家斉下賜《かし》の剛刀「南泉一文字《なんせんいちもんじ》」が心強い。

「いや、まだまだじゃ。せめて、両国の東広小路《ひがしひろこうじ》を散策してから帰るとするぞ」

家斉は言った。

梨本は困った顔をした。四半刻《しはんとき》（三十分）も歩いているというのに橋の中ほどにも達していない。東広小路まで行き、引き返すとなると、城に帰り着くころには日付けが変わってしまうのではないか。

しかし、家斉は梨本の心配など何処《どこ》吹く風である。梨本が非難の目を千代ノ介に向けてきた。家斉を叱責《しっせき》するわけにはいかず、千代ノ介に怒りをぶつけるしかないのだ。

すると、

「なんだ、なんだ」

「押すなってんだ」

という声が上がったと思ったら、前方で数人の男たちが将棋倒《しょうぎだお》しとなった。弾《はず》みで千代ノ介も梨本にぶつかり、梨本は不覚にも家斉の足を踏んでしまった。

「これ、痛いではないか」

家斉が顔をしかめ、梨本が謝《あやま》ろうと腰を折ろうとしたが、窮屈《きゅうくつ》過ぎてそれもままならない。すると、前方から馬に乗った侍がやって来る。侍は従者を二人従え、この混雑の中を悠然《ゆうぜん》と馬を進めてきた。

「なんだ」

千代ノ介は声を上げた。

「まったく、迷惑な侍だ」

町人たちは文句を言いながらも、相手が騎馬武者とあって渋々道を空けた。

群衆の中にあって蠢《うごめ》いていた喧嘩の虫が激しく鳴き始めた。

「ひどい侍もあったものです。わたしが一言、物申してまいります」

千代ノ介が息巻いたところで、梨本にやめておけと袖を引かれた。物申すだけではすまないと危惧《きぐ》したのだろう。手は出しませぬと付け加えたが、梨本は首を横に振り、そっと家斉を窺《うかが》い見た。家斉を騒動に巻き込んではならないということだ。

不本意ながら我慢するしかない。しばらく様子見を決め込む。すると武士は、町人たちが窮屈な中、右往左往するのを楽しむかのように、

「退《ど》け、はよ、退け」

などと追い立てながら馬を進めて来る。

群衆に突き飛ばされた女たちの悲鳴が上がった。子供たちも泣き始めた。続いて、ひときわ大きな女の叫びが聞こえた。視線を向けると、馬の前に転んだ子供がわんわん泣いている。女は母親のようだ。

母親は娘を抱き立ち上がろうとしたが、恐怖の余り動くことができない。侍は

予想外の邪魔者に一旦《いったん》は馬を止めたが、

「無礼者！」

と、馬上から怒声を浴びせた。

二人の従者が母子の傍《かたわ》らに立った。

「退け」

二人は侍の威を借りて母子を責め立てる。

雑踏の中、何人もの男女が母子を案じて歩を止めた。すると、

「ちょいと、何してんだい」

江戸っ子らしいきっぷのいい声が響いた。

思わず千代ノ介は声のほうを見た。

侍相手に喧嘩を売るかのような物言いだ。野次馬の中にも度胸がある者がいると好奇心が疼《うず》いた。よっぽど腕に覚えがあるのか、喧嘩好きなのか、それともお節介なのか。

これは見ものだ。

熱い視線を送ると、人込みが左右に分かれる。ざわめきが広がる中、群集をかき分けて現れたのは意外にも小柄である。背丈は五尺にも満たないだろう。

しかし、案外小男《こおとこ》でも滅法《めっぽう》喧嘩が強い者がいるものだ。

いや。

違う、男ではなくて女だ……。

二

この女、洗い髪を束ねているのはいいとしても、身体《からだ》には晒《さらし》巻き、半纏《はんてん》を重ねるといった、男のような格好だ。半纏から覗く二の腕、晒の下に見える太股は日に焼けていた。化粧《けしょう》っ気《け》はないが、目鼻立ちが整っているため化粧映えがするはずで、女物の着物に身を包めば可憐な町娘、さしずめ小股《こまた》の切れ上がったいい女になるに違いない。

従者たちは驚きの余り、口を閉ざし馬上の武士を見上げた。

「なんじゃ、女ではないか。無礼者めが」

武士は吐き捨てた。

「女で悪かったね。あたしが無礼者なら、お侍はとんだ無粋者《ぶすいもの》だってんだ」

女は動じずに言い返す。

「おのれ」

武士が馬を降りた。

野次馬が回りを囲み、花火そっちのけで武士と女のやり取りを見物し始めた。

このままでは女が危うい。

両目を吊り上げ、肩で息をしている武士は面目《めんぼく》にかけて刀を抜くであろう。武士が一旦、刀を抜けば斬らずにはすまない。

千代ノ介は武士に近寄ろうとした。するとまたしても梨本に止められた。

「梨本さま」

これには千代ノ介は抗議の目を向ける。

「上さまを厄介事《やっかいごと》に巻き込んではならぬ」

梨本は必死に訴えかける。

ところが家斉は、

「構わぬ。千代ノ介、懲らしめてやれ」

珍しく怒りの形相で命じた。

「承知しました」

千代ノ介は勇んだが、梨本が、「ならぬ」と袖を引く。振り解《ほど》こうとしたが梨本も必死で、しがみついて離さない。

「構わぬ」

「なりませぬ」

家斉と梨本の押し問答は続く。その間にも女の危機は迫っている。

「女、そこへ直れ」

武士は右手を刀の柄《つか》にかけた。

「人斬り包丁《ぼうちょう》を抜こうってのかい。上等だよ。身に寸鉄《すんてつ》も帯びていない女を斬れるもんなら、斬ってみなってんだ」

女は武士に背を向けて橋の上にあぐらをかいた。

「いいぞ、姉ちゃん」

「様子がいいぞ」

「お侍さま、お腰が引けていらっしゃいますよ」

野次馬と化した町人たちは無責任に囃《はや》し立てた。ところが、武士に怒りの視線を向けられると他人の背中に隠れたり、横を向いたりして関わりを避ける。実に調子がよく無責任な連中だ。

「さあ、どうしたんだい。ばっさりやったらいいさ」

女は自分の首筋を右手で撫でた。

武士はたじろいだ。斬ると脅せば女は許しを請うと思っていた算段が、狂ったに違いない。火事と喧嘩は江戸の華、江戸っ子は喧嘩好きだ。千代ノ介も見るのもするのも大好きである。喧嘩を見慣れた連中は、目ざとく武士の動揺を見て取った。

「どうしたい、血を見るのが怖いのかい」

「その刀は竹光《たけみつ》だろう」

嵩《かさ》にかかって蔑《さげす》みの言葉を浴びせる。こうなると、群衆というものは強い。数を頼り、

「竹光侍」

「弱腰侍」

ついには嘲笑《ちょうしょう》を浴びせた。

――まずい――

千代ノ介は危ぶんだ。

この男、武士ということを鼻にかけて威張りたい臆病者《おくびょうもの》であるが、臆病者ゆえ厄介《やっかい》だ。町人たちに馬鹿にされ、面目を失ったままこの場を去ることはできまい。

案の定、

「ええい、無礼者！」

武士は甲走《かんばし》った声を発するや抜刀《ばっとう》した。白刃《はくじん》が花火に煌めいた。

無責任にも、野次馬たちの中には我先に逃げ出そうとする者が出たが、人の波に遮《さえぎ》られ動くことができず、悲鳴を発した。

女は首を捻《ひね》って武士を睨《にら》み上げた。

武士は刀を大上段に振りかぶった。

最早《もはや》、梨本の制止など無視だ。幸い、梨本も驚きの余り袖を摑《つか》んだ手を緩めた。千代ノ介は飛び出し、腰の刀を抜いた。

無銘刀ながら将軍家斉下賜の業物《わざもの》、南泉一文字である。

武士の刃が女の首に達する寸前、電光石火の早技で受け止めた。武士は戸惑い表情を引き攣《つ》らせたが、

「おのれ、邪魔立てしおって」

怒りの形相で千代ノ介に詰め寄って来た。

千代ノ介は南泉一文字を逆手《さかて》に構え、右手だけで柄を摑んで風車のように回転させた。

武士は気圧《けお》されたように後ずさる。

一歩、一歩後退する。従者たちは呆然《ぼうぜん》と立ち尽くし、野次馬たちも固唾《かたず》を呑《の》んで見守る中、ついには武士の背が欄干《らんかん》に当たった。

追い詰められ、逃げ場はない。

武士の顔は汗だく、足元が震えている。

「帰れ！」

千代ノ介は怒鳴りつけ、回転を止めるや刀を鞘《さや》に納めた。心地よい鍔鳴《つばな》りが花火の音に重なった。

武士はへなへなと膝から崩れた。千代ノ介は女と母子に近づいた。すると、

「危ない」

野次馬から声がかかった。

背後から侍が斬りかかってきたのだ。千代ノ介は侍の懐に飛び込み、両手で武士の手首を摑んで捻り上げる。刀が橋に落ちる。次いで右腕を取り、

「た〜まや〜」

夜空に向かって大音声《だいおんじょう》を発し、背負い投げを食らわせた。

武士は欄干を飛び越え、弧を描き川に落下した。

花火の音に水音はかき消されたが、野次馬たちのやんやの歓声は花火の音を凌駕《りょうが》した。

三

女は花火師で、お勢《せい》と名乗った。

「お侍、危ないとこを助けて頂いてすまないね。お礼させておくんなさいよ」

今日は休みなのだと続け、川開きの日に休みだなんて半人前の花火師だ、と自嘲《じちょう》気味の笑みを漏らした。

「当たり前のことをしたまでだ。気遣うことはない」

千代ノ介が断ると、

「それじゃあ、あたしの気持ちが収まらないよ。なに、手間は取らせないからさ。ちょいと、一杯付き合っておくんなさいよ」

お勢はぺこりと頭を下げた。

千代ノ介は梨本を見た。きっと、梨本は反対するだろう。案《あん》の定《じょう》、梨本は返事代わりにくるりと背中を向けた。

ところが、

「参ろう」

家斉が目をキラキラさせて応じてしまった。

お勢は話は決まったと歩き出した。知らず知らずのうちに、千代ノ介の目はお勢のうなじに吸い寄せられている。花火に照らされ赤みがかった様子は、男のなりをしているだけにかえって色っぽかった。

傍若無人《ぼうじゃくぶじん》の武士相手に一歩も引かなかったお勢と武士を退治した千代ノ介に、群衆も道を譲ってくれた。お蔭《かげ》でゆるゆるとではあるが、さほど時を要することなく橋を渡り東広小路に達することができた。

お勢は往来に面した縄《なわ》暖簾に入った。お勢は顔らしく、店の亭主や客たちから声がかけられる。お勢はきっぷのいい声で応じてから小上《こあ》がりに向かった。千代ノ介たちは菅笠を取り、店の中に入る。天井《てんじょう》から吊るされた八間行灯《はちけんあんどん》やスルメを物珍しそうに見上げる家斉を、

「年配のお侍、店先に突っ立ってちゃ商《あきな》いの邪魔だよ」

お勢はさばさばした様子で咎める。梨本が目をむいたが、揉め事を恐れたのか口をへの字にしたまま押し黙った。

「苦しゅうない」

家斉は店内をきょろきょろ見回しながら小上がりに進んだ。

「ちょいと、膝を送ってくんねえ」

お勢が入れ込みの座敷で飲み食いする男たちに声をかけた。

男たちは移動し、千代ノ介たちのために席を空けた。梨本は仏頂面《ぶっちょうづら》だ。このような下世話な所に家斉を案内させたことを非難している。当の家斉はというと不快がるどころか目を輝かせてお勢を見つめていた。お祭りで子供が珍しい玩具《おもちゃ》を見つけたような好奇心に満ちている。

千代ノ介とお勢が向かい合い、千代ノ介の左に梨本、お勢の左に家斉が座った。

お勢が亭主に向かって、

「冷やをくんねえ。それから、肴は適当にみつくろって」

と、声をかけてから千代ノ介たちを見回した。

「お侍方、苦手な食い物はございますか。ここはね、値段の割には美味《うま》いもんを食わせるんですよ。何か、好物があったら言ってくださいな」

言葉遣いこそ若い娘とは思えない荒っぽさだが、物言いは滑舌《かつぜつ》といい軽やかな調子といい聞き心地《ごこち》がいい。

　すると家斉が、

「鰻《うなぎ》を食したい」

　唐突《とうとつ》に言った。

「鰻、蒲焼《かばやき》かい。あいにく、ここには蒲焼はないんだよ。蒲焼なら二軒先に鰻屋があるけど、買ってこようか」

　お勢は腰を浮かした。

「いや、無用でござる」

　梨本が制した。余りに強い口調であったため、

「そうかい」

　お勢はきょとんとなって腰を落ち着けた。

　それから、

「ええっと、お侍方は御直参《ごじきさん》かい」

　そういえば、まだ名乗っていなかった。家斉と梨本が素性《すじょう》を明かすのはまずいが、自分ならかまわない。もちろん番付目付ということは伏せておいて、

「わたしは一柳千代ノ介と申す。小普請組《こぶしんぐみ》だ」

「非役ってことだね」

お勢はずけずけと返した。

梨本が、

「わしは、こちらにおわす直参旗本・川平斉平さまの用人《ようにん》で、梨本十郎左衛門と申す」

と、自分と家斉を同時に紹介した。

お勢は家斉と梨本の顔を見比べながら、

「川平斉平さまかい。おかしな名前だね。ひらひらしてらあ」

と、おかしそうに手をひらひらと振った。

「これっ」

梨本はお勢を睨んだ。言われた当の家斉はおかしそうに声を上げて笑った。梨本は怒りを収めた。

チロリが運ばれてきた。

「待ってました」

お勢が受け取る。猪口《ちょく》ではなく湯飲みが用意された。まずはお勢がみなに酌《しゃく》をした。

「あとは、手酌《てじゃく》でやっておくんな」

お勢は改めて千代ノ介に礼を言い、正座すると両手を膝に置いて頭を下げた。

続いて肴が届けられた。

スルメを炙《あぶ》ったもの、奴豆腐《やっこどうふ》、それに泥鰌《どじょう》の丸煮である。

「泥鰌にはね、葱《ねぎ》をたっぷりかけるんだ」

お勢は小鉢に山盛りにされた刻《きざ》み葱を箸《はし》で泥鰌の上に落とした。泥鰌に葱がてんこ盛りとなる。家斉は興味深げに見入った。葱のつんとした香に千代ノ介の鼻《び》腔《こう》が刺激された。

千代ノ介が、

「そなたは花火師ということだが……」

と、ここで言葉を止めた。お勢は酒を飲み、

「女だてらにどうして花火師なんかやってるんだって聞きたいんだろう」

お勢が問い直すと、家斉は力強く首肯《しゅこう》した。

「おとっつぁんが花火師だったんだ」

お勢の言葉で千代ノ介は我に返った。

「ああ、そうなのか。いや、その、だったというのは……」

千代ノ介が尋ね返すと家斉も真剣な表情で耳をそばだてている。

「死んだんだ。いい腕だって評判だったよ」

　お勢はしんみりとなった。が、それも束《つか》の間《ま》のことで、

「ごめんよ、辛気臭《しんきくさ》くなったね。そんなことより、どんどん飲んでおくれな」

「で、お勢殿は、どこの花火屋に奉公しているんだ」

「お勢って呼んでくんな——奉公先は鍵屋だよ。おとっつぁんは星屋だったんだけどね」

　鍵屋は老舗、星屋は新興の花火屋ながら評判を呼び、鍵屋、玉屋を人気で凌《しの》いでいる。腕のいい花火師を大勢雇っているそうで、お勢の父もそうした一人だったのだろう。

　父の背中を見て育ってきたというわけだ。

「母上は反対しなかったのか」

「おっかさんの顔は覚えていないんだ。あたしを産んでしばらくして死んじまったからね」

　男手一つで育ててくれたという感謝も、父親への尊敬を高めているのかもしれない。すると、

「辛《つろ》うはないか」

家斉の目尻が下がり、白髪交じりの眉がハの字になった。お勢は家斉をまじまじと見返し、

「ひらひらさま、突然何を聞くかと思ったらそんなことかい。もちろん、仕事だからさ、辛いことなんか一杯あるよ。でも、自分がこさえた花火が夜空でぱあ～んって開いた時、そんな苦労なんか吹っ飛んじまうんだよ。それに、あたしが花火が好きなのは、瞬《またた》きしている間に消えちまうことさ、あとくされがなくっていいよ」

いかにも楽しげだ。

「なるほどのう」

家斉は感心したように何度もうなずいた。

「ひらひらさま、ちょいとばかり陰気だよ。花火までとは言わないけど、もっと明るい顔をしたら。どうせ、一回こっきりのこの世なんだからさ」

お勢は遠慮がない。

梨本ははらはらしているが、家斉は楽しげである。

「世の中、泰平《たいへい》で景気がいいだろう。お蔭で花火の注文も多いんだよ。その分忙しいけどさ、働き甲斐《がい》があるってもんだ」

花火は大川界隈の料理屋や船宿の注文で打ち上げられる。料理屋、船宿が賑わうということは花火屋も潤《うるお》い、更には夏の夜を彩って庶民の目を楽しませるというわけだ。実際、このところ幕府の台所事情も悪くはない。

家斉が将軍になった当初、十五歳という若さゆえ、老中松平定信《ろうじゅうまつだいらさだのぶ》が将軍後見《こうけん》職となり、幕政を担《にな》った。定信は質素倹約《しっそけんやく》を旨《むね》とし、ひたすら緊縮財政を強《し》いた。贅沢華美を敵視し、家斉も窮屈な暮らしを送った。寛政《かんせい》五年（一七九三）、定信が老中を辞すると家斉は目の上の瘤《こぶ》が取れたと思った。ところが、定信派である老中たちは幕閣に残り、寛政の遺老と尊称されて定信の路線を引き継ぐ政《まつりごと》を行った。家斉は思うとおりの暮らしができず、不満を抱きながら暮らした。

それが文化《ぶんか》十四年（一八一七）、寛政の遺老、松平信明《のぶあき》が死に、家斉の側用人《そばようにん》であった水野忠成《みずのただあきら》が老中になったことで事態は好転した。忠成は家斉の、「よきにはからえ」という言葉を受け、緊縮財政を止めた。すなわち、質素倹約ではなく、貨幣改鋳《かへいかいちゅう》によって生み出された大量の小判をばら撒《ま》き、景気を刺激したのである。

貨幣改鋳によってもたらされる益金《えききん》が出目《でめ》と呼ばれることから、忠成の官職名・出羽守《でわのかみ》をもじって、「出目守《でめのかみ》」などと忠成を揶揄《やゆ》する声も聞かれたが、家斉の信頼は厚く、今も老中首座《しゅざ》として政を担い続けている。家斉が贅沢をしたいと望むと、「では、では」と貨幣改鋳を行い、金をばら撒くことから、「でわでわ殿」「でめでめ殿」と大奥では親しみを込めた愛称で呼ばれている。

忠成に政を担わせた家斉は思う存分贅沢な暮らしをした。大奥は潤い、当然ながら江戸の経済も活性化した。この結果、江戸文化は花火のように花開き、庶民に至るまで泰平を謳歌《おうか》しているのだ。

政には無関心な将軍さまの発した、「よきにはからえ」という無責任で曖昧《あいまい》な命令が江戸に空前の好景気をもたらしている。ところが、好景気の象徴とも言える花火を見物しながらも、当の家斉も側近の梨本も、幕臣の端《はし》くれに連なる千代ノ介も、ましてや町人であるお勢もそのことに気づいていない。

「ところで、お勢、先ほどの侍、刀で斬りかかられたらなんとした。馬鹿に落ち着いておったが」

千代ノ介が問いかけた。

「勢いで侍に楯突《たてつ》いたからよくわかんないさ。あたしは、名前どおり勢いで生きているからさ」

お勢はあっけらかんと笑った。

「なるほど、名は体《たい》を表すものだな」

家斉は何度もうなずいた。

「ひらひらさまだって名は体を表す、だよ。何となくひらひらひらと軽やかでさ、がつがつしたところがなくって、お育ちの良さが滲《にじ》み出てるさ」

お勢に言われ、家斉の頰が赤らんだ。

四

明くる二十九日、千代ノ介は非番であった。昨日はお勢というきわめて印象的な女と出会った。今もお勢の日に焼けた顔が脳裏を去らない。匂い立つような笑顔、花火が打ち上がった時のような弾んだ声音が耳に残ったままだ。

昼時、許嫁《いいなずけ》の文代《ふみよ》がやって来た。この春まで千代ノ介が属していた小十人組《こじゅうにんぐみ》の組頭《くみがしら》、駒田喜四郎《こまだきしろう》の娘である。

文代は千代ノ介よりも七つ下の十八歳、黒目がちな瞳《ひとみ》が愛くるしい娘盛りを迎えている。白い肌とは好対照な濡羽色《ぬればいろ》の髪を島田《しまだ》に結《ゆ》い、夏というのにきちんと振袖《ふりそで》を着ているのは、娘である時を大事にしているからだろうか。

いつものように、手料理を持参している。ありがたいとは思うのだが、それほどに喜びは感じない。文代が料理下手《べた》だからではない。なんとなく、煩《わずら》わしくなってしまうのだ。

もちろん、そんな気持ちは噯《おくび》にも出さないよう気をつけている。

文代は重箱に詰められた玉子焼きを見せた。恥ずかしそうに、

「少し焦《こ》がしてしまったのですが」

と、言い添えた。

なるほど、黄色い中に黒い焦げが目立つ。それを見ていると、

「焦げた物は召し上がらなくて結構でございます」

「いや、せっかく作ってくれたのだ。残してはすまぬ。当節、物価は高いからな」

米価は上がらないが、好景気によって諸色《しょしき》と呼ばれる米以外の物品の値が上がっている。幕府は町奉行所を通じて諸色の値を上げないよう商人たちに通達しているのだが、需要が上回っているため効果がない。米で暮らしを立てている武士、特に千代ノ介のような下級武士は米の値が上がらないため、世間の好景気とは裏腹に暮らしは楽ではなかった。

満足する番付表を持参すると、家斉は褒美《ほうび》に金子《きんす》をくれる。もちろん、家斉が直接金に触ることはおろか目にすることもない。梨本を通じて下賜される。一両の時もあれば五十両包まれたこともあった。家斉の裁量のはずはなく、梨本の判断なのだろう。ともかく、家計の助けになっていることは確かだ。

「余り物は父に食べてもらいますから、どうぞ、お気になさらず」

文代は言った。

それでは舅《しゅうと》殿に申し訳ない。

千代ノ介は、焦げの多い玉子焼きを箸で摘《つま》み、口の中に入れた。

「ううっ」

思わず吐き出しそうになった。

焦げがひどいのもさることながら、塩が利《き》きすぎている。まるで玉子の風味が感じられない。ぐにゃりとした塩味の塊《かたまり》を食べているようだ。文代は心配そうな顔でこちらを見ている。

「いや、案外、いけますぞ」

自分の舌を偽《いつわ》った。

文代の料理を味わうということは、二枚舌《にまいじた》になることなのかもしれない。

「まことでございますか」

文代は笑みを広げた。

「嘘など申しても仕方がないでしょう」

嘘を吐《つ》いていないことを示すべく二つ目を食べた。まこと、夫婦の暮らしとは我慢だと自分に言い聞かせる。

「今度は仕損じることのないよう、しっかりと焼きますね」

文代はぺこりと頭を下げた。千代ノ介は笑顔を返し、うなずく。

「ところで、近頃はお忙しゅうございますか」

忙しいといっても家斉の興味をひきそうな番付表を探したり、番付表の真偽を確かめるという至ってお気楽な役目だ。ところが、文代は千代ノ介が将軍直々《じきじき》の御用を担うとあって、とてつもない重責を帯びた日々だと信じている。

実際の役目を知ればさぞや失望するだろうが、そのことは口が裂けても言えない。

「あの、畏《おそ》れ多きことながら、上さまはどのようなお方なのでしょうか」

文代はいかにも遠慮がちに聞いてきた。

実に気紛れなお方だと答えたいところだがそんなことは言えるはずもなく、

「それはもう、ご聡明《そうめい》なお方で、世情にも深い関心をお示しになられ、民の暮らしにも目配りなさる名公方《めいくぼう》さまです」

歯が浮くような世辞《せじ》を言ってしまったが、文代は感激の面持《おもも》ちで、

「そのような尊《とうと》きお方直々のお役目を担われるとは、千代ノ介さまも、まこと大したお方です。千代ノ介さまの妻になれること、文代は身に余る光栄でございます」

なんだか文代を欺《あざむ》いているようで居心地《いごこち》が悪くなった。

助次郎《すけじろう》の絵草紙屋《えぞうしや》に行きたくなった。

「では、わたしは出かけます」

「今日は非番ではないのですか」

文代は名残《なごり》惜しそうに小首を傾げた。

「非番は非番だが、非番に非《あら》ずというのがわたしの役目です」

わけのわからない言葉を返したが、その曖昧さがかえって文代には重く感じられたようだ。けなげにも三つ指をついて、

「女だてらに、お役目に口出しなんぞしましまして申し訳ございません」

と、深々と頭を下げた。

心の中で文代に詫びて居間を出た。

千代ノ介が番町《ばんちょう》の屋敷から出て行ってから千代ノ介の母、須磨《すま》が居間に入ってきた。文代と顔を見合わせにっこり微笑《ほほえ》んだ。

「お母上さま、これを」

文代は玉子焼きとは別の重箱の蓋《ふた》を開けた。たちまち須磨の顔が綻《ほころ》ぶ。そこには、おはぎがびっしりと詰められていた。

「これが、神田白壁町《かんだしらかべちょう》の菓子屋吉報堂《きつぽうどう》のおはぎですか。なんと艶《つや》やかで、しかも大ぶりなのでしょう。一つがわたくしの拳《こぶし》ほどもありますよ」

須磨の顔から笑みがこぼれた。

「では、お箸をご用意致します」

文代が腰を浮かすと、

「手で構いませぬ」

須磨はもどかしげに制した。

ここには二人しかいない。文代は須磨を見返し、二人はうなずき合った。

須磨が手でおはぎを取った。さすがに文代は須磨が口をつけるまでは遠慮した。須磨は大きく口を開けておはぎにかぶりつくと、もぐもぐと咀嚼《そしゃく》した。そして、口を利くのももどかしいのか、満面の笑みでおはぎの美味さを表現した。

「では、わたくしも」

文代も手に取って、おはぎを一口食べた。それから須磨と目を合わせ、

「美味《おい》しい」

どちらからともなく感嘆の言葉を発した。

「このこと、千代ノ介には内緒ですよ」

須磨が釘を指すと、

「もちろんです」

文代も強く首肯した。

「まこと、美味しいですね」

「菓子の番付表で東の関脇に位置付けられていました。大関に選ばれた二軒は、畏れながら大奥に納められるようで、店売りはしておりませんでした。かろうじて関脇に選ばれた吉報堂で売りに出されていたのを、一刻並んで買い求めたのですよ」

「まあ、この暑い中、本当にご苦労なことでしたね」

須磨は深々と頭を下げた。

「お母上さま、わたくしも食したくて買ったのですから、どうぞ、お気遣いなされますな」

「ほんと、文代殿はお優しい。千代ノ介は果報者《かほうもの》ですよ」

居間には和《なご》やかな空気が漂った。


そんなことは露《つゆ》知らず、千代ノ介は屋敷を出た。強い日差しが照りつけている。武家屋敷の小路《こみち》はそよとも風が吹かず、白く光っていた。蟬《せみ》の鳴き声が暑さを際立《きわだ》たせ、歩き始めたばかりというのに、額《ひたい》から汗が滲んできた。

すると、

「千代ノ介、しばらく」

村垣格之進《むらがきかくのしん》が歩いて来る。格之進は公儀御庭番《おにわばん》、千代ノ介とは従兄弟《いとこ》に当たる。三つ年上で面倒見がよく、兄弟のいない千代ノ介には兄のような存在だ。

骨と皮だけのように痩《や》せているため、五尺五寸（一六七センチ）の身の丈が六尺近くに見える。四角い顔つきで、頰骨《ほおぼね》が張って精悍《せいかん》さをたたえているのだが、動揺した時に見せる瞬きの忙《せわ》しさたるやなく、見ているほうが疲れてしまう。

「格さん、しばらくです。いや、暑いですね」

「これしきの暑さ、大したことはない、と言いたいが暑いものは暑いな」

格之進は木陰《こかげ》に身を入れた。千代ノ介も入る。風鈴《ふうりん》売りが通り過ぎるのを眺めていると僅《わず》かながらに涼が感じられた。

「平穏《へいおん》ですな」

千代ノ介が空を見上げると、

「天下泰平……、としか思えぬがな」

格之進は思わせぶりに言葉を止めた。

「と、申されますと」

「平穏の中にこそ、乱が潜《ひそ》んでいる。乱は平穏の中で育てられるものだ」

格之進は大真面目《おおまじめ》だ。

格之進には妄想癖《もうそうへき》がある。物事を大袈裟《おおげさ》に考え、世の中、常に大きな企《たくら》みが進行しているかのような妄想を抱くのだ。そして、幕府転覆《てんぷく》をたくらむ大陰謀《だいいんぼう》を自分の手で暴《あば》き立てることを夢見ているのである。

「何か、不穏な動きがございますか」

「表面上はない」

「日々、市中を見回られておられるのでしょう」

「そうだ。今の時節には定斎《じょうさい》売りに扮《ふん》して市中を見回る」

定斎売りは暑気払いの薬、定斎を売り歩く。天秤棒《てんびんぼう》を通した薬簞笥《くすりだんす》を担《かつ》ぎ、カタカタと金具の音を立てながら歩くのだが、暑気払いに効くと謳《うた》っているため、炎天下にも笠を被らない。

なるほど、格之進は顔どころか月代《さかやき》までも真っ赤だ。その上、一部は皮がめくれて白くなっている。川開きの日から二日でこんなに日焼けしているとは、格之進の熱心な仕事ぶりがわかる。熱心さが空回《からまわ》りしなければいいのだがと案ずる気持ちと、番付目付というお気楽な役目に対する後ろめたさが交錯《こうさく》した。

「まさしく変幻自在でございますね。さすがは御庭番ですな。わたしなどには到底できぬことです」

敬意を払うと格之進は益々《ますます》表情を引き締め、

「上さまは息災《そくさい》であられるか」

「至って、ご健勝《けんしょう》でございます」

「ならばよいが、城内で耳にする噂では、今の時節、上さまはお元気がないとのことだ。夏はお嫌いだとな」

「そらまたどうしてですか」

ここだけの話だが、と格之進は声を潜めた。それから辺りを見回す。人影はない。物売りも通っていない。蝉の鳴き声ばかりが辺りを覆《おお》っている。

「畏れ多くも、上さまは食欲がないとのこと」

いかにも極秘事項であるかのように大袈裟に両目を大きく見開いた。暑苦しい顔が際立った。

「きっと、この暑さでお疲れなのでしょう。上さまは、齢還暦《よわいかんれき》間近であられますから」

「おれはな、そこに不穏なものを感ずる」

格之進が不穏なものを感ずるのは特別なことではない。年中不穏さを感じているのが格之進である。

まったく困った男だが、千代ノ介が注意をしたところで直るものではない。

「千代ノ介、上さまのお側近くにお仕えしておるのだから、ゆめゆめ警戒を怠《おこた》るではないぞ。特に食べ物にはな」

「食あたりですか」

「それもあるが、毒ということもある」

「まさか」

一笑に付そうとするが、格之進の大真面目な顔を見ているとそれはできなかった。

「よいか、身を引き締めて忠勤に励め。食あたりに見せかけ、毒を盛る企《くわだ》てがないとは言い切れぬ」

格之進は顔中汗まみれになりながら強い口調で言った。

「承知致しました」

千代ノ介は一礼するとそそくさと立ち去った。年中、真夏の暑さをもたらす村垣格之進にいささか辟易《へきえき》しながら千代ノ介は道を急いだ。天下泰平である。

強い日差しも夏らしくていい。

五

昼八つ（午後二時）、飯倉神明宮《いいくらしんめいぐう》近く三島町《みしまちょう》にある絵草紙屋恵比寿屋《えびすや》にやって来た。この界隈は絵草紙屋が軒を連ねているのだが、恵比寿屋の主人、助次郎が発行元となっている番付表が面白くて特別に贔屓《ひいき》にしていた。

番付目付を拝命してからは、以前にも増して顔を出し、番付表の作成にまで口出しするようになった。

妹のお純《じゆん》が店番をしている。店番を任されるだけあって愛嬌《あいきよう》があり、客一人一人の好みを聞き、好みにあった絵草紙や錦絵《にしきえ》、番付表を勧めていた。

助次郎は向こう三軒先にある小料理屋、高麗屋《こうらいや》で番付表作成に当たっているそうだ。商いの邪魔をしては何だと、絵草紙には目もくれず高麗屋に向かった。

早速、暖簾を潜《くぐ》る。

料理人で主《あるじ》の幸四郎《こうしろう》は助次郎の妹お純の夫だ。料理の腕は大したことはないが、器用な性質《たち》で品数豊富なのがうれしい。何しろ、焼き魚、天麩羅《てんぷら》、お造り、鰻の蒲焼や煮物といった酒の肴からお汁粉《しるこ》、心太《ところてん》まで揃っているのだ。助次郎と仲間たちの番付表作成のために二階座敷を提供してくれている重宝《ちようほう》な男でもある。

二階に上がると、昼日中から、助次郎と御隠居《ごいんきよ》こと松右衛門《まつえもん》が顔を突き合わせ、話し込んでいた。暇だなと思ったが、自分も暇だ。

番付表作りに加わりたいのだが、どうも気乗りしない。このところ感ずる鬱々《うつうつ》とした気分を引きずっているのだが、それが顔に出たようで、

「どうなさった、元気がないようですが」

松右衛門が気にかけてくれた。薬種問屋の隠居、暇と学問好きが幸いし、博学であることから番付表作成の知恵袋のような存在だ。助次郎も視線を向けてきて、

「一《ひと》つ柳《やなぎ》の旦那、夏で食欲がないのじゃないかね。かく申す、あたしもめっきり食が細ってね」

言いながら撫でている腹は力士のように出っ張っている。実際、六尺（一八二センチ）、三十貫（一一三キロ）という巨漢だ。食欲がない割には、横に置いた大福を美味そうに食べていた。指についたあんこを惜しむように舐《な》め尽くしてから、

「さて、どんな番付表を作ろうかね」

と、呟《つぶや》いた。松右衛門が、

「その前に一柳さま、まこと食欲が失せての鬱屈《うっくつ》なのですか」

と、助次郎の決めつけに異論を差し挟んだ。

千代ノ介もこの際、胸のもやもやを他人に話したほうがいいかという気になった。

「この秋に祝言を上げるのですが」

ここまで言った時、

「祝言ですって、早く言ってくださいよ。水臭いな。あたしと一つ柳の旦那の仲じゃないですか。じゃあ、沈んでいるどころか、うれしくてならないんじゃありませんか」

助次郎が割って入った。

「私《わたくし》のことゆえ、気遣わせてはと、黙っていたのは申し訳ない。でも、決して心浮き立つ日々ではないのだ」

「気に入らない相手なんですか。あたしら町人は惚《ほ》れ合った同士、くっつき合いもできるが、お武家の縁談ってのは親同士で決めるもんですからね。当人の気持ちなんか斟酌《しんしゃく》されない。一つ柳の旦那、相手の女のことが気に入らないんでしょう」

助次郎は一人合点《がてん》して捲《まく》し立てた。

「いや、そうじゃないんだ。相手を気に入らぬわけではない」

「じゃあ、どうして祝言が気乗りしないんですよ」

助次郎は首を捻る。

「わからないのだ」

千代ノ介はため息を吐いた。

助次郎は松右衛門と顔を見合わせた。松右衛門が、

「たまにそういうことがあるのですよ。男も女も祝言が近づき、お互い気に入らなくはないが、何と申しましょうかな。いざ、所帯を持つとなると気分が塞《ふさ》ぐといいますかな。かく申すわしもそんな気分でした」

松右衛門は四十年前に所帯を持った。薬種問屋仲間の娘が女房なのだが、親同士が決めたそうだ。

「そんなわけですから、婆さんとは幼馴染《おさななじみ》でしてな、お互いのことはよく知っているはずなのに、所帯を持つとなると、妙に気分が滅入《めい》ったものです。独り身で気楽に暮らしていたのが、所帯を持つとなると、一家を構えるという責任が生じる。それから逃げたいということかもしれません」

松右衛門が言うと説得力がある。自分も所帯を持つことにより、一柳家の当主としての責任を嫌がっているのかもしれない。

「そんなもんかな」

助次郎には理解できないようだ。

「御隠居の言うとおりかもしれないな」

千代ノ介が応じると、

「あたしはきっと短命だし、女房をもらうつもりはないから、死ぬまでそんな気持ちにはならないだろうね」

助次郎はどうでもいいやとばかりに横を向いた。

すると松右衛門が、

「そうじゃ。男が祝言を前にやりたいこと番付というのはどうですかな」

と、提案した。

「ああ、それ、面白いかもしれないな」

助次郎は所帯を持つ気はないとは言いながら、番付表作成者としての勘が働いたようだ。

「では……」

松右衛門は思案した。

助次郎が、

「女郎屋通い」

と、即座に言った。

続いて松右衛門が、

「酒を浴びるほど飲む」

これは自分の経験だそうだ。

千代ノ介も意見を求められた。当事者だけに気の利いたことを答えねば。いや、それよりも自分の気持ちに素直になるべきだ。

思う存分やってみたいこと……。

「喧嘩」

本音が出た。

思う存分喧嘩をしてみたい。何処《どこ》の誰という具体的な相手は思い浮かばないが、何処かの盛り場で通りすがりに些細《ささい》な事で、たとえば足を踏んだ、踏まない、目と目が合った、などが原因で取っ組み合いの喧嘩をする。もちろん刀は抜かず素手《すで》での喧嘩だ。喧嘩の後は、きれいさっぱり水に流そうと酒を酌《く》み交《か》わす、そんな喧嘩がしてみたい。

続いて松右衛門が、

「浮気」

と、言った。

松右衛門は若かりし頃はさぞや男前だったと想像できる。もてもしたであろ

う。千代ノ介と助次郎の視線を集め、

「婆さんとはずっと見知っておったものでしてな、一度くらいは浮気をしとこうかと思ったものです。もっとも、実際にはしませんでしたが」

「嘘でしょう。本当は浮気したんでしょう」

助次郎が突っ込むと、

「いや、本当じゃ。所帯を持つ前に浮気は一切せなんだ」

松右衛門は強調した。

「そうか、御隠居は所帯を持ってから浮気をしているんだ」

更に助次郎が責める。

「いや、まあ……」

松右衛門の言葉が怪しくなった。

松右衛門は助次郎の追及を逃れるように、逆にやりたくはないことは何だと提起した。

「銭を貯《た》めることだ」

即座に助次郎が答えた。助次郎には江戸っ子の出来損ない銭を貯め、という思いが強いに違いない。

鬱々とした気分が多少は晴れた。

すると、松右衛門が、

「やはり、夏となりますと、花火ですな」

「そうだ。花火は避けられない。毎年やっていることだけど、花火番付を作ろうか。じっくりと花火見物をしたい。御隠居頼みますよ」

助次郎が言った。

「わかりました。納涼船を仕立てますか」

「賑やかに行きましょうぜ。もちろん、一つ柳の旦那もご一緒に」

「ああ、頼む」

ふと、女花火師お勢のことが思い出された。今も父親のような花火師になると頑張っていることだろう。

「ところで花火といえば、星屋がこのところ評判がいいな」

千代ノ介の言葉に松右衛門が、

「星屋は四年前に出来たばかりの新興の花火屋ですがな、鍵屋、玉屋にも劣らない、いや、それ以上の評判を取っておりますな」

「そんなに評判がいいということは、腕のいい花火師がいるということかな」

「確かに腕のいい花火師を雇っておるそうです。それと、運がいいことに、店を始めてすぐに評判を呼んだ花火があったのですよ」

松右衛門は言った。

「どんな花火だったのかな」

毎年、花火は見ているのだが、特に気を付けているわけではない。漠然《ばくぜん》と、きれいだなと思って見上げるばかりだ。

「どんな花火だったっけ」

助次郎も大福を頬張りながら松右衛門に尋ねた。

「天空牡丹《てんくうぼたん》と名付けられた花火ですよ。一直線に空高く打ち上がり、頂《いただき》のところで爆《は》ぜて牡丹の花を咲かせる」

「ああ、あれか」

助次郎は思い出したようで膝を打った。

「きれいでしたな。満開の牡丹の花が夜空を彩っておった」

松右衛門はうっとりとした顔になった。

「あの花火、三年前と、四年前には打ち上がっていたんじゃないかな」

助次郎は部屋の隅にある簞笥の引き出しを開け、しばらくごそごそとやってか

ら数枚の番付表を持って来た。それを畳の上に並べ、

「三年前と四年前の大関だったんだ。それが、それ以降は番付表に載っていない。打ち上げなくなったからだよ」

「幻の花火か」

そうなると、益々見たくなった。

「上げてくれるように星屋に頼もうか。いや、料理屋か船宿を通じないといけないのかな」

千代ノ介が言うと、

「そりゃ、馬鹿みたいな値段をふっかけられるよ。星屋の花火は評判がいいから高値なんですってよ」

助次郎は言った。

「花火は跡形もなく消えるもの、美しさは人の心に残る。そう考えると天空牡丹はまさしく名花火ですなあ」

松右衛門は感慨深そうだ。

「名花火か」

妙に納得した。

うたかたの喜びに人生をかけるお勢、男のような歯切れのいい口調は、そんな花火にぴったりだ。

それとも、お勢の物言いは花火師という仕事をしている内に、自然と身に着いたものなのかもしれない。

六

その頃、家斉はうつろな日々を送っていた。

ため息を吐いては、

「ひらひらさま……」

と、江戸城中奥、御座《ござ》の間の上段にあって呟かれたのでは、

「上さま、今、なんとおおせになられましたか」

梨本も聞き逃すわけにはいかずに問い直す。

しかし、家斉は返事をしない。まるで、梨本など眼中にはなく、

「ひらひらさま……」

と、繰り返すばかりだ。

梨本は遠慮がちに家斉を見返す。うつろな目をしたままの家斉を見ながら、

「ひらひらさま」という妙な言葉を思案する。すると意味がわかった。

家斉がお忍びで使う変名、川平斉平を、お勢とかいう女花火師が不届きにも略して呼んだ。知らぬこととはいえ、上さまにぞんざいな口を利き、挙句《あげく》の果てに
お勢は、

——ひらひらさま——

「ひらひらさま」

などと呼びかけた。

家斉はこの、「ひらひらさま」という呼び名を気に入ったようだ。いや、気に入ったのは、「ひらひらさま」という呼び名ではなく、お勢自身に強く惹《ひ》かれたに違いない。となると、

「上さま、お勢なる女のこと、お気に召しましたか」

すると家斉ははっとして、

「な、何を申す」

と、顔を朱に染めて口ごもった。

「上さま、御懸念《ごけねん》には及びませぬ。万事、この十郎左めにお任せくだされませ」

梨本はここが忠義の見せ所とばかりに声を励ました。

「任せよとは何を任せるということじゃ」

家斉は言った。

満面の笑みを浮かべ、

「お勢なる女花火師のことでございます」

梨本は言上した。

「お勢じゃと」

家斉は目をむいた。

「お勢を側室に迎えること、それがしが万端整えましてございます」

「そ、側女《そばめ》にじゃと」

家斉は戸惑いの表情となった。

「上さま、どうぞ、お任せくださりませ。お言葉になさらずとも、上さまのお心の内を斟酌《しんしゃく》致すのが御側近くにお仕えする者の務めでござります」

家斉は顔をしかめた。

「もしや、上さまはお勢が卑賤《ひせん》の者ということを気にかけておられるのではござりませぬか。それならば、ご心配には及びません。このようなことを申しては畏れ多きことながら、五代綱吉《つなよし》公のご生母、桂昌院《けいしょういん》さまは、京《きょう》の都の町人の出であらせられたとか。それが、五摂家《ごせっけ》の二条《にじょう》家のご養女となられ、三代家光《いえみつ》公の御側室となられました。よって、お勢が卑賤の身であっても、然《しか》るべき武家の養女とすれば側室に迎えるに不都合はございません」

梨本は自信満々に答えた。

「たわけたことを」

家斉は横を向いた。

梨本は家斉の言葉の裏を読むべきと思った。家斉は卑賤の女を側室にすることに照れているのではないか。梨本はそう解釈した。

だが、今、これ以上お勢のことを言うのはかえって家斉を意固地《いこじ》にするだけだ。話題を変えようと思った。

「上さま、近頃、めっきり食が細くなられたと、膳奉行が心配しております」

「そうか」

家斉はやはり関心を示さない。

「何か召し上がりたいものをおおせくださりませ」

「鰻じゃ。目黒《めぐろ》のな」

家斉は春に足を運んだ目黒の料理屋、花川戸《はなかわど》で食べた鰻の蒲焼が忘れられないのだろう。

「あいにくでございますが、典医《てんい》より脂っこい食べ物は食するなかれときつく言われております」

家斉の健康を第一に考えねばならない。これぱかりは、家斉の望みを叶《かな》えるわけにはいかない。

「ならば生姜《しょうが》をもっと増やせ。いや、生姜も食べ飽きたわ」

家斉は渋面《じゅうめん》を作った。

「畏れ入りましてございます」

梨本が平伏したところで、鈴の音が聞こえた。

「ひい」

家斉は面《おもて》を伏せ、ぶるぶると震えた。

「ああ、頭が痛い」

更には両手で頭を抱えた。次いで、

「家基《いえもと》殿、ああ……。家基殿!!」

と叫び声を上げた。

「上さま、お気を確かに」

梨本は部屋を出ると廊下に視線を落とした。黒猫がいた。鈴の音は猫の首輪であった。何処からか紛れたようだ。梨本は猫を追い払った。

夏になると家斉は亡霊を見る。先代将軍家治《いえはる》の嫡男《ちゃくなん》、家基の亡霊だ。家基は不運にも十八歳で急死した。本来なら家基が十一代将軍になるはずだったのだ。家基の死によって、一橋《ひとつばし》家の当主であった家斉が家治の養子となり、将軍職を継いだのである。

そのことが負い目となって家斉を苦しめているのだ。

「上さま、猫でございました」

梨本が言うと、

「猫か」

家斉はほっと息を吐いたが、顔面は汗にまみれ、全身をぶるぶると震わせている。

「上さま、お心を確かにお持ちなされませ」

「わかっておる」

言葉とは裏腹に、その顔からは恐怖心が去っていない。

すると、遠くで花火の音がした。

家斉の顔が一瞬にして明るくなった。

「花火じゃ」

躍《おど》り上がり御座の間から出ると、慌ただしく濡《ぬ》れ縁《えん》を横切り、足袋《たび》のまま庭に降り立った。あわてて梨本が追いかける。家斉は庭をうろうろと歩きながら、時折立ち止まり、背伸びをして夜空を見上げている。

東の空に花火が打ち上がっている。漆黒の空を焦がす花火は、夏の夜にだけ咲き誇る仇花《あだばな》であるかのようだ。家斉はもっと間近で見たいと思ったのだろう。松の木に登ろうとした。しかし、いかんせん老いている上に、武芸の鍛錬も怠りがちとあって、気持ちとは裏腹に上ることができない。

「上さま、危のうござります」

梨本も足袋のまま庭を横切り、家斉が上ろうとしている松の木に駆け寄った。

「邪魔じゃ」

家斉は城内の櫓《やぐら》が花火を見るのに邪魔だと怒り出した。

「その、それは……」

うろたえる梨本に、

「肩車をせよ」

家斉は命じた。

「肩車でございますか」

梨本は戸惑いながらも、家斉の命令とあれば聞かないわけにはいかない。

「承知致しました」

梨本はその場にうずくまった。

家斉は梨本の前に立った。両足を開き、腰を落とす。

「失礼致します」

梨本は足の間に首を入れ、家斉の太股《ふともも》に両手をかけ肩に担ぐと、慎重にゆっくりと腰を上げた。幸い家斉は軽い。さほどの力を要せずとも肩車ができた。

「よし」

家斉は松の枝に両手を伸ばした。

「なりませぬ。およしくだされませ」

梨本が止めるのもきかず、家斉は枝に取り付いた。梨本の肩が軽くなる。しかし、そんなことで喜んではいられない。一歩下がって家斉を見る。家斉は枝にぶら下がったものの、腕に力がなく、枝に上がることができない。必死の形相でぶら下がり続けるばかりだ。噴き出したくなるような滑稽《こっけい》な姿ではあるが、もちろん笑ってはいけない。

「上さま、手を離されませ」

梨本は家斉の下に立ち、家斉を受け止めようと両手を広げた。

「離せば落ちるではないか」

家斉は決断できないようだ。

「それがしが受け止めますゆえ、ご心配には及びませぬ」

梨本は声を嗄《か》らした。

「そのようなこと申してもな」

「思い切って、手をお離しくだされ」

「いやじゃ」

家斉は意固地になったが、いつまでも頑張ってはいられない。程なく体力が尽きる。現に腕がぶるぶると震え始めた。その直後、

「ああ」

素《す》っ頓狂《とんきょう》な声と共に家斉は落下した。

梨本は受け止めようとしたが、家斉が恐怖の余り、足をばたばたさせたため、算段が狂った。それでも、身体《からだ》ごと家斉を受け止めた。途端に家斉と共に転倒し

てしまった。

「十郎左、櫓が邪魔じゃ。壊せ」

家斉は梨本の身体が緩衝材《かんしょうざい》となり、怪我《けが》を負うことはなかった。

七

「上さま、無茶をなさってはなりませぬ」

梨本は腰をさすりながら言った。

家斉は梨本の言うことなど耳に入らず夜空を見上げていた。花火が打ち上がるごとに食い入るように見入る。まるで少年の如《ごと》き様子に、梨本もしばし言葉を失った。

「櫓を壊せぬか」

家斉は落ち着きを取り戻したのか、口調が穏やかになった。それでも、聞き入れられるものではない。

やがて、花火が打ち上げ終わると、

「畏れながら、櫓を壊すのは無理と存じます」

梨本はきっぱりと言上した。

家斉は軽く舌打ちをして、

「であろうの」

と、その無謀さを納得したようだ。梨本はほっとしたと同時に、家斉のあまりの寂しげな様子に胸が締め付けられた。

家斉はがっくりとなっていたが、不意に顔を上げた。その顔は悪戯《いたずら》っぽく、まるで子供が大人から咎められる遊びを思いついたようだ。嫌な予感が梨本を襲う。

「今、天守辺りはどうなっておる」

家斉が問いかけた。

「天守は御存じの如く、明暦《めいれき》の大火《たいか》で焼け落ちて以来、再建はなされておりません。従いまして、天守台が残るのみの空地《あきち》となっております」

「何故《なにゆえ》、再建せぬのじゃ」

「四代家綱《いえつな》公の頃、御公儀の政を担っておられました会津侯《あいづこう》、保科正之《ほしなまさゆき》さまのご献策《けんさく》によります」

保科正之は、天守閣というものは泰平の世の城には必要なものではないし、そもそもは織田信長《おだのぶなが》公が安土城《あづちじょう》で初めて造ったものである。天守閣がなくとも城は保てる、今は焼け出された町人の救済と江戸の町の再建を優先すべしと献策した。実際、天守閣を再建するとなると莫大《ばくだい》な出費を要する。天下泰平の中、多大な出費をしてまで天守閣再建は避けたかったのが幕府の本音だ。

ところが、こうした経緯を聞いたそばから、

「再建せよ」

家斉は事もなげに命じた。

「上さま、それはちと」

梨本は当惑した。

「十郎左、そちは一々《いちいち》余《よ》の申すことに異を唱えるのう」

家斉は不満そうに顔を歪《ゆが》ませた。

いかに機嫌を損じようと勘気《かんき》を蒙《こうむ》ろうと、家斉と幕府の威信を落としかねない命令には諫言《かんげん》するのが忠義だ。

「畏れ多きことながら、天下泰平の世に天守は不要にございます。今は上さまの御威光が、天下をあまねく照らしておりますゆえ、天守など再建するに及びませぬ」

梨本は諄々《じゅんじゅん》と諭《さと》した。

幸い家斉はわかってくれたようだ。

「天守が無理ならば、楼閣《ろうかく》を建てよ」

家斉はせめてもの妥協だと言い添えた。

「上さま、そもそも楼閣とか天守とか、一体何のためでございますか」

内心では花火を見やすくするためではないかと勘ぐりつつ、そうではないことを願いながら尋ねた。

果たして、

「高い所から花火を見たいのじゃ」

家斉はけろっと答えた。まるで悪びれてはいない。お育ちの良さというものは恐ろしい。

「花火でございますか」

梨本はため息を吐いた。

「櫓を壊せぬ以上、櫓よりも高い建物を作るしかあるまい」

家斉には迷いも躊躇《ためら》いも後ろめたさもない。決断力に富む、これぞ征夷《せいい》大将《たいしよう》軍《ぐん》である。

「御意《ぎよい》にございますが」

さて、いかにしようか。

「いずれかの大名に普請《ふしん》を命ずればよかろう」

家斉は告げた。

将軍の花火見物のために楼閣を建てさせられるとは、普請を命じられた大名は気の毒だ。それに、家斉と幕府の体面というものがある。いくら将軍といえど、いや、将軍だからこそ、花火見物のために楼閣を造ることなど、普請を命じられる大名どころか世間も納得しないだろう。

何か手立てを考えねば。

家斉を諦《あきら》めさせるにはどうすればいいか。

いや、それは無理だろう。家斉は政こそ老中たちの意見を聞くというよりは、老中たちに任せっぱなしであるが、自分の趣味や嗜好《しこう》については譲ることがない。

言い出したら聞かないのだ。

となると、楼閣建設の名目を考えることだ。

「承知致しました」

梨本は返事をした。

家斉はとりあえず機嫌を直してくれた。

「楼閣普請の名目でございますが、たとえば、火の見櫓ということではいかがでございましょう。上さま自らが、江戸の火事を見張るということでございます」

「火の見櫓か。ま、よきにはからえ」

家斉は楼閣建設ができるとなれば、あとのことはどうでもいいようだ。

「天下泰平ではありますが、近頃は日本の近海には異国の船が出没しておりますので、海防のための見張り台にもなります」

梨本はこれなら幕閣を説き伏せることができると自信を深めた。火の見櫓と異国船の見張り台、この二つで幕閣を押し切れる。

「よきにはからえ」

「では、これにて話を進めたいと存じます」

家斉はあくびを漏らした。それから、

「急げ。三日ほどで完成させよ」

家斉らしい何とも無責任な命令だ。

「三日は無理でございます」

「ならば、五日」

「一月《ひとつき》は要するものと存じます」

「そんなにかけておっては、夏が終わってしまうではないか」

家斉は不機嫌になった。

「ですが、これればかりは」

ここで梨本と揉めても仕方がないと思ったのか家斉は、

「まあよい。急がせよ」

「では、何処《いずこ》の大名に普請を命じましょうか。費用も掛かる上に御城内での普請となりますと、外様《とざま》には任せられませぬ」

できれば、薩摩島津《さつましまづ》家、仙台伊達《せんだいだて》家に任せたいところだが、これればかりは任せられない。

家斉からはよきにはからえという答えが返されると思ったが、案に相違して、

「海防、海防と口うるさく申す者がおろう。丁度いいではないか。その者に任せれば」

海防とうるさく申す者とは、水戸《みと》徳川家当主、左近衛《さこんえ》権中将《ごんのちゅうじょう》・徳川斉昭《なりあき》だ。

「水戸中将さまでございますな」

「うってつけであろう」

家斉は水戸家が嫌いであった。

昨年、水戸家の家督相続を巡って、水戸家と幕府の間でひと悶着《もんちゃく》があった。先代藩主斉脩《なりのぶ》死後、家斉の第二十子で斉脩の正室峰姫《みねひめ》の弟恒之丞《つねのじょう》を養子に迎える動きと、斉脩の弟斉昭を押す一派が御家騒動にもなりかねない程にぶつかり合った。斉昭擁立派《ようりつは》四十人余りが幕府に陳情《ちんじょう》した後、斉脩の遺書が見つかり斉昭が家督を継いだ。

わが子が退けられて藩主となった斉昭を家斉はよく思っていない。おまけに、斉昭は聡明の誉《ほま》れ高く、幕政にも遠慮のない意見を言うことも鼻についていた。

今こそ、意趣返しをしてやろうという心づもりのようだ。

それに、水戸家や斉昭を煙たがる幕府老中も珍しくはない。彼らは、水戸家に海防と火の見のための楼閣を建てさせることに反対するどころか、喜ぶであろう。水戸家も海防を名目にされれば断ることはできまい。家督相続を巡って陳情騒ぎまで起こした負い目もあるはずだ。

ひとまず目途《めど》は立った。

「さて、余は休むぞ」

家斉は言った。

つくづくお気楽な将軍さまである。

さて、この後、お勢を側室に迎える手立てを考えねばならない。然るべく武家、いずれかの旗本の養女にせねば。

梨本は我ながら苦労が絶えないと思った。

それが将軍の側近くに仕える者にはありがたくもあり、責務でもある。気紛れな将軍さまというものは、政に口出しをしないだけよい。政に熱心な将軍は名将軍と褒《ほ》め称《たた》えられようが、家臣たちは引きずりまわされて大変だ。大変なのは家臣ばかりではない。庶民も嫌がるであろう。御法度《ごはっと》に次ぐ御法度とあっては、暮らしは行き詰まる。

川開きの晩、両国橋界隈を賑わす庶民たちは実に生き生きしていた。民の顔に笑顔がある限り、この世は泰平だ。

と考えると、家斉こそが名将軍、これぞ天下泰平の将軍と言えるのかもしれない。

我儘《わがまま》勝手な将軍に仕える梨本は自分に言い聞かせた。いや、自分を納得させた。

八

月が替わった水無月一日《みなづきついたち》の朝、裃《かみしも》に威儀《いぎ》を正し、千代ノ介は出仕《しゅっし》した。

番付目付の役目は中奥の庭に設けられた御堂《おどう》のような建屋で行う。白砂が敷き詰められた真ん中に建つ御堂は、瓦葺《かわらぶき》屋根の頂に飾られた鳳凰《ほうおう》が金色《こんじき》に輝き、柱に施《ほどこ》された龍の彫り物が将軍の威容《いよう》を伝えている。お忍びではなく、公《おおやけ》の場で家斉と対面する緊張を胸に御堂に向かった。濡れ縁から伸びる欄干を備えた階《きざはし》の下で雪駄《せった》を脱ぐ。

階も濡れ縁も鏡のように磨き立てられ、白足袋が汚れることはない。家斉のお成《な》りに備えてのことだろう。枝ぶりのいい赤松が影を落としているため、足の裏に熱さを感じない。滑らかに階を登り、濡れ縁から座敷に入ることができた。

軒先に吊るされた風鐸《ふうたく》が風に鳴り、蝉の鳴き声も暑苦しさどころか風情を感じさせた。

御堂内の座敷で梨本が待っていた。

梨本から、家斉の命で天守台に巨大な楼閣を築く一件を伝えられた。目的はお勢が打ち上げているであろう花火を見るためだとか。

「ことほどさように、上さまはお勢のことを想っておられるのだ」

梨本は言った。

「さようですか」

千代ノ介の呆《とぼ》けた物言いに梨本は苦々しく顔を歪め、

「さようですかではない。その方《ほう》、お勢に、側室になるよう言ってまいれ」

梨本は命じた。

「いや、それは、しかし、お勢が承知しましょうか」

「お勢が承知する、しないではない。畏れ多くも上さまが側室に所望しておられるのだ。お勢とても、将軍家御側室となれば、これ以上の喜びと誉れはあるまい」

梨本は当然のように言った。

「そうでしょうか」

千代ノ介にはそうは思えない。お勢とは一度、わずかな時を過ごしただけであるが、お勢は大奥に上がり、将軍の側室になることを望むような女ではないとしか思えない。

「とにかく、上さまは心穏やかならず。今、頭の中にはお勢のことばかりだ。花火にお勢を重ね合わせ、花火を見ることがまるでお勢との逢瀬《おうせ》の如きものと考えておられる。まこと、お労《いたわ》しいとは思わぬか」

「御意《ぎょい》にございます」

ここは認めないと梨本の叱責《しっせき》が待っている。

「ならば、頼むぞ」

梨本に重ねて言われ、千代ノ介は渋々頭を下げた。

顔を上げ、天井を見上げた。

「あれ」

思わず呟いてしまった。

天井に幕が張られているのだ。

「あれは、いかがされましたか。修復を行っておるのですか」

格《ごう》天井には格子ごとにろくろ首、雪女、一つ目小僧などの物《もの》の怪《け》が描かれていた。それが、幕が張られているということは修繕だと思ったのだが、

「あれは、ほれ」

梨本が説明しようとしたところで家斉が小姓《こしょう》を従えてやって来た。小姓は何故か黒漆《くろうるし》の御櫃《おひつ》を抱えている。

梨本も千代ノ介も平伏した。家斉は浮かない顔でちょこんと座る。小姓が御櫃

を前に置いた。黒漆に金泥《きんでい》で描かれた三《み》つ葉葵《ばあおい》の御紋が目に鮮やかだ。小姓は蓋《ふた》を取り、象牙《ぞうげ》の箸を恭《うやうや》しく両手で家斉に差し出した。

御櫃から直接飯を召し上がるのかと千代ノ介が訝《いぶか》しむと、家斉は箸を動かすものの飯を摑めない。やがて苛《いら》ついたように箸を小姓に返した。次いで、右手を御櫃に突っ込む。

なんと、手摑みで飯を食されるのか。

暑さでおかしくなってしまわれたかと千代ノ介は梨本を盗み見た。梨本は何事もないかのように表情を消している。

家斉は右手で御櫃をごそごそとやった後に御櫃から引き抜いた。

氷が手摑みにされていた。

氷を頰張るとがりがりと音を立てながらかみ砕く。小姓が扇《おうぎ》で風を送った。表情を和ませた家斉は涼しげだ。氷の塊を咀嚼する家斉は、なるほど歯は丈夫だと日頃から自慢していただけのことはある。そればかりか夏の盛りに江戸で氷を食するとは、将軍の権力を思わせる。春先までに日光《にっこう》か富士《ふじ》から切り出された巨大な氷が江戸城内の氷室《ひむろ》に貯蔵してあるのだろう。

感心する千代ノ介をよそに、氷を三つ嚙《か》み砕いてから、

「して、何か面白い番付表でもあったか」

家斉は千代ノ介に問うてきた。

「花火番付と思ったのですが、近々、花火番付は今年のものを作成する予定でございますので、しばしお待ちくださりませ」

千代ノ介は言った。

「それは楽しみじゃのう」

家斉は相好《そうごう》を崩した。

「して、まずは夏らしくこちらを持参致しました」

千代ノ介は懐中から一枚の番付表を取り出し、恭しく差し出す。梨本が受け取り、畳の上に広げた。家斉は覗き込んだ。

家斉の表情が強張《こわば》った。

梨本も頬を引き攣らせた。

幽霊番付であった。東の大関は平将門《たいらのまさかど》、西の大関は崇徳上皇《すとくじょうこう》、どちらも幽霊というよりは怨霊《おんりょう》が最高位に選ばれている。

「錦絵もございます」

千代ノ介は助次郎から買い求めた、二枚の錦絵を番付表の横に添えた。平将門の首、崇徳上皇の世を呪《のろ》う姿がおどろおどろしく描かれている。

「ひえ」

家斉は畳に突っ伏した。

梨本は幽霊番付と錦絵を引ったくり、ビリビリと引きちぎってしまった。家斉は身体を震わせながら小姓に連れられ御堂を出て行った。

「たわけが」

梨本は破った番付表と錦絵を丸めると千代ノ介目掛けて投げつけた。千代ノ介は顔面に紙を受けながら、

「何が上さまのお気に触ったのでございましょう」

「よりによって幽霊番付とは何事だ」

「夏の風物ですし。上さまは、物の怪などがお好きなようですので」

千代ノ介は天井を見上げた。

「そなた、知らぬのか。上さまが亡き家基さまの亡霊に悩まされておること」

梨本は厳しい顔をした。

「そうでしたか」

「まったく、お側近くにお仕えして、そんなことも知らぬとはのう」

要するに夏の時期、家斉は家基の亡霊に悩まされるため、幽霊だの物の怪だのは御法度ということらしい。

「この役立たずめ」

梨本は苛々とした。

「申し訳ございません」

千代ノ介は頭を下げた。

「当分、出仕には及ばず」

梨本は命じた。

「かしこまりました」

それならそれで気楽なものだ。出仕しなくていいのはありがたい。

すると梨本が、

「出仕せずともよいから、お勢に会い、側室の件を承知させよ」

「畏まりました」

厄介なことになった。

「頼むぞ」

梨本はすがるような目を向けてきた。

第二章　思惑の楼閣《ろうかく》

一

水戸徳川家が楼閣の普請に着手することになった。

家斉はとにかく普請を急げと督促《とくそく》した。梨本は御堂に水戸家江戸家老、十勝三《とかちさん》太夫《だゆう》を呼んで家斉の意向を伝えた。

「水戸さまにあられては、海防にはとにかくご熱心、今回の普請、かねてよりのお考えを実践できるよき機会と存じます」

「まこと、栄《は》えある役目と中将さま以下、大変な気合いの入れようでございます」

水戸家当主となった徳川斉昭は一昨年の十一月、従三位《じゅさんみ》左近衛権中将となった。

「上さまはとにかく急いでおられます」

梨本はくどいほど念を押した。

「長崎の阿蘭陀《おらんだ》商館辺りから、御公儀に異国の不穏な動きでも入ったのでござりますか」

十勝は危ぶんだ。

「いえ、それは」

まさか、惚れた女の花火見たさだとは口が裂けても言えない。梨本は苦渋の表情を浮かべることで、深刻な事態であることを察してくれと願った。幸い、十勝は深くは問うてこなかった。

「承知しました。普請に時をかけず、尚且《なおか》つ海防の役に立つということは、さながら戦国の世において城攻めに使われた井楼《せいろう》のような物ではいかがでしょうか」

井楼は城攻めの際に城の堀近くに建て、弓や鉄砲、大筒《おおづつ》などを運び上げて、敵城の土壁越しに城内を攻撃するために使用された。

戦《いくさ》で使用されるため、屋根とか壁をあらかじめ作っておいて現地で組み立てた。

「ですから、あらかじめ、水戸藩邸におきまして楼閣の主だった部分を造る者と、御城の天守台にて基礎を普請する者とに分けて普請にかかります」

十勝は誠実に取り掛かってくれる。梨本の心が痛んだ。

「それと、楼閣の上には水戸家自慢の大砲を用意したいと存じます」

「自慢の大砲でござるか」

「いかにも」

十勝は大きくうなずく。

益々、梨本の胸は塞いでいった。


その頃、江戸城本丸にある天守台近くを格之進が警護に当たっていた。上さま直々の命令で楼閣が建設されるという。火の見櫓と異国船の見張り台となるのだそうだ。火事はともかく、異国船を警戒せねばならない事態となったのであろうか。

明暦の大火で天守閣は消失し、天守台も破損した。その後、天守台のみが再建され、今日《こんにち》に至っている。高さ四十三間余り、縦横約百二十間×百三十三間という巨大な天守台は整然と切石《きりいし》が積まれ、朝日を弾いている。明暦の大火以前はこの天守台に五重六層、高さ約百五十間の天守閣が建っていたのだ。空をも貫く天守閣は、まさしく徳川将軍家を象徴する建物であったに違いない。

天守台を見上げ、在りし日の天守閣の威容を想像するだけで格之進は身が引き締まった。

水戸徳川家の普請責任者らしき男が、絵図面を広げて天守台の近くに立った。異国船侵入を見張るとあって、日頃より海防には様々な献策を行っている水戸家が普請を命じられたのはもっともだ。

「水戸中将さま御家中《ごかちゅう》の方ですか」

話しかけてから、格之進は自らの素性を明かした。

「公儀御庭番殿でござるか。それは、警護お疲れさまでございまする」

男は水戸徳川家火薬役頭《やくがしら》、百川刑部《ももかわぎょうぶ》と名乗った。

「火薬役頭であられますか」

格之進はしげしげと百川を眺めた。

裃姿ではあるが、着物の上からも屈強な身体《からだ》つきとわかり、しかも眼光が鋭い。戦国の世であれば、合戦の最前線で鉄砲組を指揮し、自らも騎馬で馬上筒《ばじょうづつ》を放っていそうである。

「いかにも」

百川は絵図面を示した。

往時の天守閣には及ばないが、高さ百間、縦横四十間の六重の楼閣が記され、六重には大砲が三門描かれている。一重から三重は鉄砲や大砲の砲弾、火薬を貯蔵する役割を担い、四重は宿直者《とのいもの》用、五重は軍議の場だそうだ。

「この大砲、いかなるものでございますか」

格之進の問いかけに、百川はよくぞ聞いてくれたとばかりに、

「この大砲はですな、江戸湾にも届きますぞ。射程二里を誇りますゆえ、届くばかりか江戸湾に入り込む、敵の船を粉砕《ふんさい》することができますぞ」

「なんと江戸湾にまで」

格之進の脳裏に、楼閣の大砲から砲弾が放たれる様、更には異国船が炎上して沈没する様子がありありと浮かんだ。


その日の晩、千代ノ介は助次郎、松右衛門、それに南町奉行所臨時廻《りんじまわ》り同心、北村平八郎《きたむらへいはちろう》と共に納涼船に乗った。

「南北の旦那、どんどん飲んでくださいよ」

助次郎は上機嫌だ。南町奉行所の北村ということで助次郎は南北の旦那と呼ん

でいる。定町廻《じょうまちまわ》りを補佐する臨時廻りは練達の者が選ばれる。四十を迎えた北村は脂が乗った男盛りである。

北村は上機嫌で酒を飲み、沙魚《はぜ》の天麩羅に舌鼓《したつづみ》を打った。

夜空には花火が打ち上がっている。川開きの日ほどではないが大勢の人が両国橋、大川端の両岸を往来していた。

「やはり、夏は花火だな」

助次郎は何度もこの台詞《せりふ》を言う。それが、しつこいとは感じないくらいぴったりとしていた。川面は船でびっしりで賑やかなことこの上ないのだが、むさくるしくもある。

「ほ〜しや〜」

「た〜まや〜」

の掛け声があちらこちらから聞こえる。すると松右衛門が、

「玉屋、星屋の掛け声ばかりなり。鍵屋の声が聞かれぬのは情《じょう》なし」

と、川柳《せんりゅう》めいた言葉を発した。

千代ノ介がきょとんとすると、

「鍵屋は人気がないのですよ」

松右衛門は言った。

これを受けて助次郎が説明を加えてくれた。

「鍵屋の花火は人気がなくて鍵屋の声が聞かれないから、情なし、つまり、情は錠《じょう》に引っかけているんですよ」

なるほど、庶民というものはうまいことを言うものである。

「それにしても、星屋の天空牡丹、見事でしたなあ」

松右衛門は懐かしむかのように夜空を見上げる。助次郎もそうだそうだと相槌《あいづち》を打つ。

北村が、

「そういえば、三年前、星屋の花火職人が溺死《できし》したな」

「そうだっけ」

助次郎は生返事をして沙魚の天麩羅をむしゃむしゃと食べ始めた。松右衛門は思い出すように首を捻る。三年前、星屋の花火職人が溺死――。お勢の父親も星屋の花火職人であった。死亡の原因と時期は聞いていないが、気になる。

「溺死とはどういうことでござるか」

千代ノ介は北村に問いかけた。

「酒に酔って河岸《かし》から足を滑らせたんですよ。名前は確か……」

北村は思い出そうとしたが、酔ったせいか歳のせいか名前が出てこない。

「まあ、名前はいいじゃない。それとも、溺れ死んだんだから土左衛門《どざえもん》にしとけば」

助次郎が言うと、北村と松右衛門が咎めるような目をした。助次郎は口を閉ざし、沙魚の天麩羅に集中する。北村が、

「その花火師、深川《ふかがわ》の料理屋、桔梗屋《ききょうや》で飲み食いした後に、星屋の打ち上げ場所にやって来たらしいのです」

酔っぱらって大川に落ちたと話している北村自身、酔いが回って舌がもつれている。またも助次郎が口を挟んだ。口の周りを油で光らせ、

「桔梗屋とはずいぶんと結構な料理屋じゃないか。確か料理屋の番付表にも載せたさ」

と、桔梗屋が深川では一番と評判を取る料理屋であり、水戸徳川家も使っている名店であることを語った。

「花火師がそんな高級料理屋で飲み食いしていたのかい。言っちゃ悪いが、半纏《はんてん》着《き》が上がれるような店じゃないだろう」

助次郎はどうも引っかかると言った。北村が、

「もちろん、一人で行ったんじゃないんだ。星屋の主人ともう一人、侍と一緒だったってことだ」

「花火師が主人に連れられて行ったというのはわかるけど、どうして侍が加わったんだ。妙な取り合わせだな」

と、疑問を投げかけておいて助次郎は自分で回答した。

「主人に連れられたってことは、いい花火を打ち上げた慰労だろうな。それはわかるが、侍が同席ってのは妙だ」

千代ノ介が、

「北村さん、侍とは何者でござるか」

「いや、それがね、星屋の主人五兵衛《ごへえ》も桔梗屋も、侍の素性は教えてくれなかったんですよ。花火師の溺死とは関わりがないって理由でね」

北村は話す内に当時を思い出したのか、詳細を語り始めた。

二

三年前の九月一日の朝、花火の時節が終わり、花火師の亡骸《なきがら》が両国橋の下流三《さん》

十間《じっけん》の杭《くい》に引っかかっているのを、通りかかった棒手振《ぼてふ》りが発見した。近くの自《じ》身番《しんばん》からの通報で北村が駆けつけた。

身に着けていた半纏から星屋が割り出され、すぐに星屋の主人五兵衛に素性を確かめた。

「……まさきち、そうだ、正吉《まさきち》だった」

北村は花火師の名前を思い出したことがうれしいらしく、何度も正吉と言い、宙に、「正」という漢字を指で書き記した。

正吉には一人娘がいた。娘が亡骸を引き取ったそうだ。

千代ノ介の脳裏にお勢の顔が浮かんだ。

「娘の名は何と？」

「別嬪《べっぴん》だったってことは覚えていますがね、名前までは……。土左衛門になった父親を前にして、口も利けない様子だったのはよく覚えています。涙も出ないようで、悲しみよりも驚きが先に立ったんでしょうね」

三年前というと、お勢は十五、六だろう。まだ花火師になる前なのかもしれない。お勢は父が死に、花火師になることを決意したのではないか。決めつけることはできないが、お勢に会った時に確かめてみようか。

助次郎の当てずっぽうな推論どおり、正吉は五兵衛から花火師としていい仕事をしてくれた慰労に、桔梗屋で飲み食いさせてもらったのだった。

「で、その足で桔梗屋に行ってもう一人侍が同席したのがわかったんですがね、さっきも言いましたように、桔梗屋も五兵衛もお侍の素性を明かすのは勘弁してくれって話してくれなかったんです」

正吉は溺死、事件性はないと判断されたため、北村もそれ以上の探索《たんさく》はやめたという。

「ひょっとして、天空牡丹はその花火師が打ち上げたのでは」

千代ノ介が誰にともなく言うと、

「そうかもしれないね」

助次郎は関心がなくなったのか、花火を見上げた。花火が散ったところで、腫《は》れぼったい目をしながら切なげにため息を吐く。

「花火を見てると、あたしを思ってしまいますよ」

千代ノ介のほうを向いたため無視するわけにはいかず、

「何を思うのだ」

「あたしも花火のように散ってゆくんだってね。余命いくばくもない我が身、せめて花火のように美しく散ろうってね」

　言っているそばから助次郎は大ぶりの穴子《あなご》の天麩羅を美味そうに食べ始めた。天麩羅を食べる横顔は幸せそのもので、とても短命には見えない。

　ところが助次郎、自分を短命だと思い込んでいる。助次郎の父親は労咳《ろうがい》を患《わずら》い二十九で亡くなった。自分もきっと若死にすると思って暮らしていたが、一年前の正月に神田《かんだ》の乳母《うば》と呼ばれる占い名人から父親と同じ二十九の命だと見立てられ、自分はあと五年の命だと確信しているのだ。

　つくづく変わった男である。


　あくる二日の昼、千代ノ介は菅笠に着流しというお気楽な姿でお勢を訪ねた。日本橋横山町《よこやまちょう》にある鍵屋は裏庭が仕事場となっていて、生垣《いけがき》越しに覗くと、お勢が花火師たちに混じって仕事をしている。額に玉の汗を光らせ、時折首から下げた手拭《てぬぐい》で拭きながら花火作りに精を出していた。お勢の他は男ばかりで、いずれも年上だ。

　そのせいか、他の花火師たちが木陰を選んで作業しているのに、お勢だけは強い日差しに焦がされながら黙々と仕事をしていた。髪を引っ詰めて半纏を脱ぎ、紺の腹掛けに股引《ももひき》、剝き出しとなった首筋や肩から汗が滴《したた》り、腹掛けの背中は黒い染みとなっている。ただ、髪を束ねている紐の朱色が、お勢も娘であることを主張しているようだ。

声をかけるのは憚《はばか》られた。兄弟子たちとのやり取りから、お勢の苦労ぶりがわかった。乱暴な口を利かれ、お勢への風当たりが強い。

男の職場にあって、女が一人働くというのは大変なのだと千代ノ介は思った。それでもお勢はめげることなく、伸びのいい声で応対していた。竹の円筒に硫黄や硝石、木炭を詰め、芦《あし》の枝を通す。芦の枝に火をつけてしばらくすると花火が打ち上がる仕組みだが、硫黄、硝石、木炭の配合は花火師の腕の見せどころで、門外不出の極秘事項である。

声をかける機会を窺《うかが》う。兄弟子たちが一休みだと母屋《おもや》に入っていったところで、一人残り掃除をするお勢に声をかけることができた。

「これは、この前のお侍。名前は確か、一柳さま、でしたっけ」

厳しい仕事の最中にもかかわらず、顔には笑みが広がっている。真っ白に光る歯に色香を感じ、千代ノ介はどぎまぎしてしまった。

「よく覚えていてくれたな」

「命の恩人を忘れるわけありませんよ。で、今日は何ですか」

「日本橋までやって来たものでな」

少し話ができないかと持ち掛けた。

お勢のけなげな働きぶりを見ていると、大奥に上がって将軍の側室になることなど、勧める気が失せてしまった。しかし、梨本に言われた以上、話をしないわけにはいかない。

折よく、お勢は近所にお使いに出かけるところだった。一緒に日本橋の雑踏《ざっとう》に身を紛れさせる。

「花火師の修業、大変だな」

「あたしは、まだまだ半人前だからね」

お勢は明るく答えた。

その顔つきは苦労のかけらも感じさせないが、仕事ぶりを目の当たりにし、さぞ辛かろうと思う。いや、お勢に同情することはお勢の努力を馬鹿にすることになるのかもしれない。そもそも、辛かろうというのは他人が見てのことで、本人は好きなことに打ち込んでいるだけなのではないか。

お気楽に暮らしてきた千代ノ介はお勢への気持ちが同情から応援、更には尊敬へと変わったことを意識した。

「ところで、亡くなった父上も花火師であったな」

「そうさ。星屋でね」

「どうして、お勢も星屋に奉公しなかったのだ」

「あたしはそのつもりだったんだ。それで、おとっつぁんに星屋に奉公したいって言ったよ。でも、おとっつぁんに反対された」

星屋は新興の花火屋、既に技を身に着けた者たちが雇われている。一から花火を学ぶには、やはり老舗の鍵屋がいいということで、鍵屋を勧められたのだとか。

「お勢の父上が亡くなったのは三年前のことだったな」

「それがどうかしたのかい」

「星屋に奉公していたということだが、ひょっとして大川に落ちて亡くなったのか」

お勢の足が止まった。

横を迷惑そうに避けながら定斎売りが通って行く。金具の音がカタカタと鳴り、一瞬格之進かとぎょっとしたが、別人だった。本物の定斎売りか公儀御庭番の扮装《ふんそう》なのかと訝《いぶか》しんだ。

　お勢は千代ノ介を見返し、

「どうして、そのことを……」

「詮索《せんさく》しているようですまぬ。実は、知り合いに南町の同心がいてな、一緒に花火見物をしたのだ」

花火を見ながらお勢のことが話題になり、星屋の名前が出たところで、

「三年前に大川で溺れ死んだ花火師の話になったのだ。それでひょっとして、と思ったのだが、お勢の父上なのか」

「そう、おとっつぁんは大川に足を滑らせて死んでしまったんだ。酒を飲んだ帰りということだったけど、おとっつぁん、酒は飲まないんだ。それなのにあの晩に限って、飲みつけない酒を飲んで酔ってしまって」

　お勢は首を捻《ひね》る。

　話を続けようと目についた小間物屋の軒先にお勢を誘う。お勢も応じて、軒が造る片影に身を入れた。

「桔梗屋という高級な料理屋で星屋の主人五兵衛に慰労されたということだったが」

「ご主人が祝ってくれるからって、おとっつぁん出かけて行ったんだ」

星屋の主人五兵衛は正吉が打ち上げた花火、「天空牡丹」が好評であったことを喜び、桔梗屋に誘ってくれたのだそうだ。

「天空牡丹は正吉が打ち上げたのか」

「そうだよ。そりゃもう凄い評判だったんだ」

お勢は自慢げに胸を張った。

腹掛けに包まれた胸が女らしいたおやかな曲線を描く。眩《まぶ》しくて千代ノ介は目をそらした。花火は大川近くの料理屋、船宿から注文を受けて打ち上げる。評判を呼ぶ花火には注文が殺到し、星屋を潤わせたのだった。

正吉が慰労されるのももっともだ。

「おとっつぁんが死んだ時は、涙すら出なかった。びっくりして、おとっつぁんが死んだことがわからなかったんだ。あたしが花火師になりたいって言ってから間もなくのことだったよ」

生まれた直後に母親を亡くしたお勢は、正吉に男手一つで育てられた。お勢は花火師である正吉の背中を見て育ったのだった。

「正吉は、星屋に奉公する前は玉屋か鍵屋に奉公していたのか」

「水戸さまさ」

「水戸さまとは、水戸徳川家か」

この時代、玉屋、鍵屋が打ち上げる花火の他に、大川に面して藩邸を構える大名が花火を打ち上げていた。大名花火と呼ばれ、特徴はまっすぐに打ち上がり爆《は》ぜるということだ。戦国の世の通信手段、狼煙《のろし》からきている。御三家も花火を打ち上げ、特に水戸家の人気は高かった。向島《むこうじま》に広大な蔵屋敷《くらやしき》を持つ水戸徳川家は盛大に花火を打ち上げた。水戸家の花火見たさに大勢の人々が押しかけ、橋が崩れたことがあったほどだという。水戸家の花火が評判だったのは、火薬をふんだんに使えることが大きな理由だった。

幕府は火薬を危険物と見なして目を光らせていた。大名家で保持する火薬の量に制約を設けた。ところが、御三家については火薬量の制限はない。狼煙のような打ち上げ花火にふんだんに使えるわけだ。

ちなみに鍵屋、玉屋、星屋などの町人花火に火薬の使用は認められていない。

「どうして水戸家を辞めたのだ」

「よくわからないけど、花火師として腕試しがしたいって。丁度、星屋さんが花火屋を始めたところだったたんだ」

星屋は店を開くに当たって花火師を雇い入れた。その募集に応じて正吉は星屋に奉公したのだった。きっと、正吉なりに自分が工夫した花火を打ち上げたくなったのだろう。そういえば、「天空牡丹」は垂直に打ち上がり、頂で牡丹の花が開くという花火であったとか。まさしく大名花火を発展させたもののような気がする。

「お勢は天空牡丹は上げないのか」

「上げない」

きっぱりとお勢は首を横に振った。その表情はきりりとしていて花火師としての意地を感じさせたが、お勢が語った理由は意外だった。

「おとっつぁんは製法は教えてくれたけど、絶対打ち上げては駄目だって釘を刺したんだ。禁じ手だって。自分もこれっきりにするって」

評判を呼んだ花火を打ち上げないことにした正吉は、娘にも禁じたのだった。どうしてだと問いかけたが、お勢はうつむいたまま答えなかった。

よほどの事情があるのだろう。お勢の胸中を察し、千代ノ介は話題を変えた。

「ところで、わたしと一緒にいた旗本を覚えておるか」

「ひらひらさまだね」

お勢の顔が笑顔で弾けた。

「そうだ、ひらひらさまだ」

ここで側室の一件を持ち出そうか。家斉の素性を明かそうか。

三

「面白いお方だね。とんちんかんなことを並べちゃって」

お勢らしい遠慮のない物言いではあるが、家斉のことを決して不愉快には思っていないようだ。

「ひらひらさまは、よきお方だ」

「それはわかるさ。いかにもお育ちの良い、お殿さまって感じた。お忍びで出歩いていたんだろうさ。本当に世間知らずのお殿さまだね」

お勢は鋭いところをついているが、さすがにひらひらさまが将軍だとは気づいていない。教えればどんな顔をするのか興味がわいたが、それは言わぬが花、つまり、お勢は市井《しせい》にいてこそだと強く思った。大奥という窮屈な場所に住まわせては、お勢ではなくなる。

とても側室に上がれなどとは言い出せなかった。梨本には悪いが、少なくとも今日のところは黙っていよう。

「なら、これで」

お勢は足早に歩き出した。

陽炎《かげろう》が立ち、お勢の姿を揺らめかせた。

その背中が見えなくなるまで千代ノ介は目で追いかけた。


その頃、格之進は楼閣の普請を見ながら百川と話をしていた。

「楼閣の最上層に上げられる大砲は、江戸湾にまで届くということでございましたが、何か特別な仕掛けがござりますか」

「さすがは御庭番殿、大砲に興味津々《しんしん》でございますな」

問われて百川はうれしげだ。

「水戸家門外不出でござりますか」

「肝心のことは申せませぬが、一言で申すなら、火薬でござる」

「火薬、なるほど。特殊な火薬をお使いなのですな」

「火薬の量と配合ですな」

百川は言った。

格之進はそれ以上は聞けぬと思い、話題を変えた。

「ところで、敵はいずこの国でございますか」

「エゲレスかオロシャでしょうな」

「なるほど、近年その二つの国は日本の海を侵しておりますな」

格之進は百川が海防の話に乗ってくれて興奮した。百川も話がしたくてうずうずし始め、

「茶でも飲みませんか」

と、誘ってきた。

断るはずはない。

共に番小屋に入った。小上がりになった質素な座敷が設けられている。百川が茶を淹《い》れてくれ、

「時代はまさしく、風雲急を告げておりますぞ」

と、開口一番いかめしい顔で告げた。

格之進も眦《まなじり》を決する。

百川はすっくと立ち上がり、座敷の隅から球体を持って来た。木製の台座に乗せられた球体には軸が付けられ、くるくると回すことができる。

「地球儀です。むろん、御庭番たる村垣殿は御存じであろう」

目の前に置かれた球体を格之進は凝視した。地球儀、聞いたことはある。この世の全てを描いた地図を張り付けた球体だ。この世が丸いということも知っている。どうして丸いのか、何故どこまで歩いても落ちないのか、理由はわからないが、この世は丸いのだという知識は格之進も持っていた。

「むろん、存じております。この世は丸いのですな」

格之進は地球儀に触れた。たちまち、球体が回り、あわてて手を引っ込める。

「さて、わが日本は何処《いずこ》でござる」

百川は挑戦的な笑顔を向けてきた。

格之進はしげしげと地球儀を眺め、今度は慎重な手付きで回しながら、

「これでござろう」

回転を止めて小さな島を指さした。

百川はうなずくと、

「ならば、清国は何処でござる」

「ええっと」

格之進は額に汗を滲ませながら日本と海を隔てた大陸の一帯に指を這《は》わせた。

「オロシャは」

百川が問い続ける。

いかん、わからない。

格之進の目が激しく瞬かれた。動揺すると出る癖だ。

地図には何やら横文字が並んでいる。ミミズが這ったような文字が阿蘭陀文字ということはわかったし、それが国の名前を記していることも想像がつく。しかし、いかんせん読めない。日本、琉球《りゅうきゅう》、朝鮮《ちょうせん》、清国《しんこく》、天竺《てんじく》などはわかるが、あとの国々はさっぱりだ。

「ここからここまででござるよ」

百川は得意げに清国の北側の一帯を指でなぞった。

「なんと……」

格之進の目の瞬きが止まり、思わずうなった。とてつもなく広大な国である。こんな国と合戦《かっせん》に及べば、日本など一呑《ひとの》みにされるのではないのか。夷狄《いてき》恐るるに足りずという気概がしぼんでゆく。

「驚かれたようですな」

百川は冷笑を放った。

「いや、まあ」

格之進は動揺を隠せない。再び目が瞬く。

「しかし、オロシャなど、恐れることはござらん。領土が広大という理由で日本が負けることにはなりませぬぞ。鎌倉《かまくら》の世、日本の武士はオロシャに勝る大きな国、蒙古《もうこ》と合戦に及び、見事追い払ったのですからな」

「なるほど」

いかにも日本武士は蒙古勢を二度に亘《わた》って撃退したではないか。国土の強大さに腰が引けた自分が情けない。格之進は再び戦闘意欲に火をつけた。ところが、

「エゲレスは何処かご存じか」

と、百川に問われると格之進はたじろいでしまった。弱々しく首を横に振る。

きっと、オロシャ同様に巨大な国に違いない。

「知りませぬ」

見栄《みえ》を張る気力もなく答えると百川はうなずき、地球儀をぐるりと回す。

「ここでござる」

日本とは反対側に、慎《つつ》ましいとしか思えない程に描かれた島を指さした。格之進は思わず腰を浮かし、

「この島が」

と、百川の顔を見た。百川はそれには答えず、

「ちなみに、阿蘭陀国はここでござる」

エゲレスから海を隔てた大陸のほんのわずかな隅を指でなぞった。

「エゲレスも阿蘭陀も日本よりも小さいのですね」

「いかにも。ところが、エゲレスも阿蘭陀も遥《はる》か海を越えてやって来るのでござる。しかも、エゲレスは天竺に戦《いくさ》をしかけ、大半の領土を奪ってしまった。その勢いで日本も奪おうと虎視眈々《こしたんたん》と狙っておるのでござる」

百川は熱い男のようで、語るにつれて口調は熱を帯びた。

格之進はうなずいたものの、

「ですが、目下のところエゲレスもオロシャも日本にやって来る理由は交易《こうえき》をしたいからでござろう」

「それが、奴らの常套《じょうとう》手段なのでござるよ。交易をし、親しくなり、折を見て戦をしかけてきて、領地を奪うのでござる。実に汚いやり口でござる」

百川の顔がどす黒く歪んだ。

「なるほど、いかにも汚い」

格之進も同意した。

「よって、奴らが交易を求めて江戸に迫ったなら、即座に打ち払わねばなりません。ぼやぼやしておりますと、奴らは江戸に上陸します。船に積んだ大砲で江戸の町を焼き尽くすかもしれませぬ。そうなる前に、奴らの船を沈めるのです。それには、強力な大砲が必要。まさしく、このわたしが作り上げた大砲が役立つのでござる」

百川の目が爛々《らんらん》とした輝きを放った。

「敵はエゲレス、オロシャですか」

「今や日本は将軍家の下《もと》、一致団結して夷狄と戦うべき時なのです。それでこその征夷大将軍ですぞ」

「さすがは水戸さまですな」

格之進は唸った。

「日頃より中将さまは、夷狄に寸土《すんど》たりとも日本の地に足を踏ませるべからず、と臣下の者を叱咤《しった》しておられます」

「いや、身が引き締まる思いでございました。我ら将軍家直参、夷狄征伐《せいばつ》せずして忠義ならずでございます」

是非とも、楼閣が完成した暁《あかつき》には披露《ひろう》される大砲を見たくなった。

「百川殿、夷狄征伐の折には拙者も仲間にお加えくだされ」

「村垣殿は将軍家直参、水戸家に加わることはできませんぞ」

百川に冷静に返され、それもそうだと格之進は思い直した。ふと、地球儀が気にかかり、しげしげと見直した。

「よろしかったら、差し上げましょう」

百川に言われ、

「あ、いや、それは」

遠慮したが、

「なに、かまいませぬ。一人でも多く、わが殿のお考えに賛同くださる方が増えればと存じます。夷狄と戦うには夷狄を知らねばなりません。この世にはどんな国があるのか。敵を知りて己を知れば百戦危うからず、ですぞ」

百川に言われ、

「ならば、借りるということで」

格之進は申し訳なさそうに言った。

「村垣殿は実に律儀なお方だ」

百川は機嫌よく地球儀を貸してくれた。

格之進は普請場の隅で地球儀を眺め続けた。この世は何と広いのだろう。日本よりも大きな国が沢山《たくさん》ある。阿蘭陀やエゲレスは遥か彼方《かなた》から日本にやって来る。自分はなんと小さいのだろう。

水戸家にばかり任せてはいられない。

ここは、御公儀においても是非とも海防に力を尽くさねば。大砲を備え、軍勢を調えることだ。それに、軍勢の調練も必要だろう。

そうだ。

千代ノ介は上さまのお側近くに仕える。千代ノ介を通じて献策しようか。

「よし」

格之進の胸は強い決意ではち切れんばかりに膨《ふく》らんだ。

四

その晩、千代ノ介の屋敷を格之進が訪ねて来た。いつにも増して仰々《ぎようぎよう》しい顔つきである。地球儀を持参し、今にも食いつかんばかりの勢いで千代ノ介の前に座った。須磨に型どおりの挨拶をしてから、居間で千代ノ介と二人で向かい合った。

地球儀を千代ノ介の前にどんと置き、

「これが何か存じておろうな」

両目を吊り上げて千代ノ介に問いかける。

「地球儀でございましょう」

千代ノ介があっさりと答えたものだから、格之進は気勢を削《そ》がれたように空咳《からせき》を一つした。改めて、

「いかにも地球儀だ。して、エゲレスとオロシャは何処か存じておろうな」

格之進の意図がわからないが、相手にならなければ怒り出しそうだ。千代ノ介は地球儀を眺めてから、エゲレスとオロシャの位置を示した。

格之進はきょとんとなって、

「知っておったか」

いかにも残念そうであったが、すぐに気を取り直して、

「近年、エゲレスとオロシャの船が日本の海を侵しておる」

「交易を求めてやって来るのでござろう。エゲレスの船は十二年前には浦賀《うらが》にま

でやって来たとか」

文政元年《ぶんせい》（一八一八）の皐月、イギリス船が浦賀に来航し、幕府に通商を求めた。幕府は浦賀奉行を通じて拒絶の回答をし、この時はイギリス船は大人しく帰った。

「まさしく。浦賀と申せば、江戸湾の入り口だ」

格之進はさも一大事であったかのように言葉を返した。

「エゲレスは今後も本気で御公儀と交易を求めてくるということでございましょう」

千代ノ介は言った。

「それはそうだが、で、エゲレスの真の狙いとは何であろうな」

格之進は思わせぶりな笑みを浮かべた。

「ですから、日本との交易でございましょう」

「それは、表向きのことだ。真の狙いは日本を領国にすることだ。エゲレスばかりではない。オロシャも狙っている」

かっと両目を見開いた格之進は煮えたぎっていて、暑苦しくてならない。千代ノ介は気圧《けお》されそうになった。

「それがいかがされましたか」

格之進のことだ。

またぞろ、妄想を抱いているようだ。今度の妄想は幕府転覆、将軍暗殺どころか、異国の日本侵略にまで膨らんでいるのだろう。

「千代ノ介……。おれはがっかりしたぞ」

格之進は情けないという言葉を連発し、千代ノ介の非を嘆いた。

「いかがされましたか」

「お主、上さまのお側近くに仕える身ではないか。なのに、上さまのご覚悟のほどがわからぬのか」

格之進は口角泡《こうかくあわ》を飛ばさんばかりだ。飛び散る唾《つば》を避け、

「上さまは何をご覚悟になられたのですか」

家斉の目下の悩みは家基の亡霊、そしてそれ以上に悩ましいのはお勢の存在だ。そのことは、身近に仕える者としてはわかり過ぎるほどにわかっている。

「楼閣だ」

格之進は吐き捨てた。

楼閣はお勢が打ち上げるであろう花火を見たいがために建てるのだ。そのこと

を、格之進はもとより知るはずもない。その楼閣建設が格之進に妄想を抱かせている。千代ノ介は危ぶんだ。

「楼閣がいかがされましたか。水戸さまが順調に普請を続けておられると耳にしましたが」

千代ノ介は、楼閣建設の真の目的は胸に秘めて問い直した。

「上さまがあの楼閣を何のために普請しておられるのか存じておろう」

知っているが、格之進に聞かせるわけにはいかない。

「火の見櫓、異国船の見張りと承《うけたまわ》っております」

千代ノ介は言った。

「まさしく海防のため」

「海防というよりは、異国の船の侵入を見張るだけではございませぬか」

「甘い！」

格之進は一喝《いっかつ》した。

「よいか。水戸さまは楼閣の頂に大砲を三門、備える。この大砲はな、遥か江戸湾にまで砲弾が届くのだ。ということは、日本の領国を侵すエゲレス、オロシャとの合戦を、上さまはご覚悟なさったのだ」

格之進の目が潤んだ。夷狄征伐に立ち上がった征夷大将軍を思い、一人感動しているようだ。

「まさか」

反射的に反論してしまった。

「まさかではない。上さまのご覚悟あったればこそ、水戸中将さまも楼閣普請を受け負われたのだ。我ら直参、エゲレス、オロシャ、いやいかなる異国からも日本の領土を守る盾《たて》とならねばならぬ。それでな、おれは考えをまとめ意見書にするゆえ、すまぬが、上さまにお届けしてくれ」

「大砲を持って異国船を打ち払えということですか」

「いかにも」

「既に六年前、異国船の打払令が御公儀より諸国の大名に発せられておりますぞ」

実際、文政八年（一八二五）、異国船打払令が幕府から諸大名に発せられた。もっとも、実際に実行されたことはない。

「だから、未《いま》だ本気ではないのだ。形ばかりではなく、実行が伴わねばならぬ。御城にもっと砲台を備え、江戸湾にも砲台を備える。おれはな、大川沿いに屋敷を構える大名方には石高《こくだか》に応じて大砲を備えよ、と御公儀から命じられるべしと考える。軍勢の調練も欠かせぬぞ」

いかにも格之進らしい大袈裟な考えである。

「格さん、急にどうしてそんなお考えを抱くようになられたのですか」

きっと、誰かの影響を受けているに違いない。

「水戸家には人物《と》がおられる」

普請の差配を執る水戸徳川家火薬役頭、百川刑部の名前を挙げた。

「百川殿、でござるか」

「いかにも。百川殿は人物だ。おれはな、百川殿のお考えに感銘を受けた。さすがは水戸中将さまの信頼篤《あつ》いだけのことはある」

格之進は興奮している。

格之進に水を差すようだが、とても家斉に異国との合戦をするなどという気が起きるとは思えない。格之進がいきり立てば立つほど気の毒になってくる。

「ともかく千代ノ介、上さまのお側近く仕える者としてしっかりせねばならんぞ」

格之進は、では失礼すると腰を浮かした。そこへ須磨が入って来た。

「格之進殿、相変わらずご健勝ですこと。今はどのようなお役目を担っておられるのでございますか」

「目下、天守台に普請されております楼閣の警固を行っております」

格之進は胸を張った。

「それは大きなお役目でございますこと」

須磨は地球儀に視線を向けた。格之進は須磨の視線を追い、

「これは地球儀でござります」

「地球儀とは何でございますか」

須磨が問うたものだから、格之進はよくぞ尋ねてくれたとばかりに張り切った。余計なことを聞くものだと千代ノ介が須磨に腹を立てたところで、

「この世の全てが描かれておるのですぞ」

格之進は言った。

「この世とは……」

須磨は小首を傾げる。

「日本や朝鮮、清国はおろか天竺、南蛮《なんばん》など全ての国々が描かれた絵図なのです」

「まあ、なんと」

須磨は地球儀を見直してから、

「どうして、このような丸い物に絵図を描いてあるのですか」

「それは、この世がこのように丸いからです」

格之進は得意げに答える。

「丸いのですか。この世は」

須磨は口をあんぐりとさせた。

「いかにも、丸いのです」

「信じられませぬ。この世は丸くなどござりませぬ。現に、平らではござりませんか」

須磨は地球儀から庭に視線を転じた。夜陰でも庭には雑草が目立ち、乾いた土が夜風に舞っている。夜でも鳴き止まぬ蝉が暑さを助長させていた。

「そう見えるだけです」

格之進は言った。

「見えるだけとは思いません。丸かったら立っておられませぬ」

須磨に責められ、

「それはその」

格之進の論法は怪しくなってきた。

「どうなのですか」

須磨は頑固なところがある。一旦疑問に感じたら、答えが導き出されるまで納得しない。

「それはともかく、目下重要なことは、エゲレスとオロシャから……」

格之進が話題を変えようとしたところで、

「ともかくではござりません。格之進殿、どうして丸いのに平らなように見えて、ひっくり返ることもなく歩くことができるのですか。お答えがまだです」

須磨は引かない。

「ですからその、エゲレスが……」

格之進の目が激しく瞬かれる。

「エゲレスなどはどうでもよいのです」

須磨は不機嫌になった。

「そうですな、それはですな、つまり、説明にはいささか時を要するのです。そうじゃ千代ノ介、お主からご母堂《ぼどう》にご説明申し上げよ。わたしは急用を思い出したゆえな」

格之進は立ち上がり、そそくさと居間から出て行った。

ぽつんと地球儀が残された。

「格さん、忘れ物ですぞ。この世を忘れておりますぞ」

千代ノ介が引き止めた時には、玄関の格子戸がぴしゃりと閉じられる音が耳をつんざいた。ふと見ると、須磨が首を傾げながら地球儀に見入っていた。

五

三日後、五日の昼下がり、千代ノ介は梨本十郎左衛門の呼び出しを受けた。城ではなく、梨本の屋敷である。出仕控えを申し渡した以上、城に呼ぶわけにはいかないのだろう。

出仕控えの身を憚《はばか》り、裏門から入る。

今日も日差しは強く、日輪《にちりん》を見上げると目が痛い。目を閉じると瞼《まぶた》に真っ赤な文様《もんよう》が浮かび、蟬時雨《しぐれ》がかまびすしい。目を開いて右手で額に手庇《てびさし》を作る。御殿の瓦が陽光を弾き、縁側には朝顔の鉢植えが並んでいる。奇妙な花や葉の形をした変化《へんげ》朝顔もあるが、普通の朝顔が美しい。いかにも将軍の側近にふさわしい、手入れが行き届いた松の緑が青空に映えている。

母屋の軒先に吊るされた風鐸の音色《ねいろ》に涼を求め、勝手口から入ると廊下を進み、玄関近くの使者の間で坐した。窓が開け放たれ風がよく通る。畳は青々と輝き、藺草《いぐさ》の香が立ち上っている。

やがて、梨本がやって来た。小袖に袴という略装である。その表情は曇っている。

「暑いのう」

梨本は座るや忙《せわ》しげに扇子《せんす》を使い始めた。

「まったくです」

千代ノ介も応じたところで、女中が冷たい麦湯と心太《ところてん》を持ってきた。

「夏はこれに限る」

梨本は食せと勧めた。

「いただきまする」

心太だとは思うが、表面が黒味がかっている。

「上方風《かみがたふう》なのだ」

梨本は一本の箸で心太を掬《すく》い上げ、口に運ぶと相好を崩した。いかにもうまそうな顔つきに千代ノ介も釣り込まれる。心太を口に運んだ。

冷《ひ》んやりとした舌触りに続き、独特の酸味を期待したのだが、

「甘い」

と、呟いたように口中には濃厚な甘味が広がった。

「黒蜜《くろみつ》を加えておるのじゃ」

「これが上方風ですか」

千代ノ介が問いかけると、

「そのとおり。上方ではな、黒蜜で心太を食するのだ」

梨本は美味そうに平らげると二杯目をお替わりした。千代ノ介にも勧めてくれたが、正直、胸焼けがした。いささか蜜が多すぎる。梨本は、通常の倍の量の黒蜜をかけている、甘かろうと自慢した。梨本がここまで甘党であったとは意外である。

梨本は二杯目もぺろっと食べてから、

「さてさて、首尾を聞こうかのう」

と、千代ノ介に向き直った。

首尾とは、お勢が家斉の側室になることを承知したかであろう。

「お勢の一件でございますな」

千代ノ介が問い返すと、梨本は当たり前のことを聞くなと言わんばかりに顔をしかめた。

「その件につき、お勢に会いましたが、そのことは話しませんでした」

「何故じゃ」

「考えてみたのです。お勢が大奥に入って幸せなのか、と」

「お勢が幸せかどうかなど、どうでもよいのじゃ。いや、幸せに決まっておる。上さまの御側室になれるのじゃからな。一介の町娘には望外の喜びであろう」

「お言葉ですが梨本さま、上さまも果たしてお勢が大奥に上がり、御側室になることを望んでおられましょうか」

千代ノ介は疑問を呈した。

梨本の目が泳いだ。梨本も千代ノ介が示した危惧を抱いているのかもしれない。

「決まっておろう。なにしろ、お勢の花火見たさに楼閣まで建てようとおっしゃるのだからな」

梨本は気を取り直した。

「それでございます」

千代ノ介は膝を進めた。

「なんじゃ」

「上さまは、どうしてそんなまどろこしいことを命じられるのでしょう。お勢を御側室にしたいのなら、御側室にするよう梨本さまに申しつけられるでしょう。楼閣を建てよなど、いかにもまどろこしいではございませぬか」

千代ノ介は言った。

「それは、上さまが露骨にお勢を御側室にすることを遠慮なさっておられるのだ。たとえお言葉にはなさらずとも、上さまのご心中を察して働くのが我らお側近くに仕える者の役目ぞ。お勢は町人の身じゃ。町人の娘など将軍たる者が気軽に御側室になどと上さまがおおせになられるものではない」

「そうでしょうか。上さまの御気性なら、遠慮などなさらず、やすやすと命じられるのではございませぬか」

「控えよ」

梨本は目くじらを立てた。

千代ノ介は頭を下げた。

「しかしながら、上さまはまことお勢を御側室になど迎えたいのでしょうか」

「決まっておる」

答えた梨本の口調は怪しくなった。梨本も疑問を深めたのだろう。

それでも、

「ともかくお勢のこと頼むぞ」

「はい」

返事をしながらも不満が鎌首《かまくび》をもたげる。家斉はお勢を側室にしたいのだろうか。千代ノ介同様、お勢には花火師の暮らしを続けさせたいと思っているのではないのか。どうもそんな気がしてならない。

「ともかく、急げ」

命じたからには、梨本は急かした。

「承知しました」

千代ノ介は答えると、お勢をそっとしておきたい気持ちを胸に梨本の屋敷を後にした。

飯倉神明宮近く三島町にある小料理屋、高麗屋にやって来た。梨本には承知したものの、鍵屋に行く気が起こらず、ついつい足を向けてしまったのだ。

二階で助次郎と松右衛門が酒を飲んでいた。千代ノ介も加わる。松右衛門は夏の風物の番付表を作成したいようだが、助次郎は乗り気ではない。

「もっと、刺激的な番付はないものかね。たとえば、事件ものとか」

助次郎は言った。

「事件ものならば、南北さんでしょう」

松右衛門は自分の意見が取り入れられず不満そうである。

「そうだ、北村さんはどうしたのだ」

千代ノ介の問いかけに、

「それこそ、事件のようです」

助次郎は言った。

松右衛門が続けて、

「大川に亡骸が上がったのです。二人の男が袈裟懸《けさが》けにばっさりと斬られたようですぞ」

と、怖い怖い、と身をすくませた。

「殺しか。それは物騒だ。で、殺されたのは何者なのだ」

「身元はわかっていないそうです。もちろん、下手人《げしゅにん》も捕まっておりませんな」

「斬られたということは、下手人は侍であろうか」

助次郎がめんどくさそうに、

「大方、食い詰め浪人が物盗り目的で殺したんですよ。それよりも、もっと面白い事件はないかね」

助次郎はあくびを漏らした。助次郎の不真面目さに松右衛門が顔をそむけた。夏の風物番付をつまらないと否定されたことと相まって不快感を募《つの》らせたようだ。

するると、

「ああ、疲れた疲れた」

南町奉行所同心、北村平八郎の声が聞こえた。一階で幸四郎に、

「冷やを持ってきてくれ。それと、枝豆な」

と、早口に言いつけてから階段を上がってきた。

「南北の旦那、忙しそうだね。例の殺しかい」

助次郎の問いかけに、

「駆けずり回ってきたところだ」

北村は手巾《しゅきん》で額や首筋の汗を拭うと、絽《ろ》の夏羽織を脱ぎ捨てた。千鳥格子柄《ちどりごうしがら》の単衣《ひとえ》の背中に黒い染《し》みが広がり、べっとりと貼り付いていることが、北村の言葉を裏付けている。

「大川で殺しがあったとか」

千代ノ介は畳に転がる団扇《うちわ》を渡した。

「さすが、お耳が早い」

北村は単衣の懐を大きく開き、ばたばたと団扇で風を送った。

「身元がわからないそうだな」

「そうなんですわ」

北村は答えるのももどかしげだ。

「斬殺ということは、やはり侍が関わっているのでござるか」

たちまち助次郎が、

「だから、浪人ですって」

と、割り込んだ。

ところが北村は、

「浪人とは決めつけられん。仏《ほとけ》の身元もわからんしな」

殺された二人は顔をつぶされていたそうだ。着物には身元を知らせる一切のものは残されていなかった。下手人は被害者の身元を隠す必要があったということで、浪人による物盗り目的の犯行とは思えないそうだ。

「それはいかにも不審ですな」

松右衛門が言い、

「そうでござろう。いかにも妙な殺しなのだ」

北村が応じると俄然《がぜん》、千代ノ介も興味がわいてきた。北村に向かって、

「仏の素性を知られたくないということは、素性がわかれば、下手人が誰かもわかるのではないかな」

「下手人の特定までできるかどうかはわかりませんが、ある程度は絞り込めるのではと期待しますな」

北村に続き、

「一つ柳の旦那、いいところ突いたねえ」

助次郎も好奇心を疼かせたようだ。

「それほどでもないが」

千代ノ介が遠慮がちに言ったところで、助次郎は唸り始めた。どうしたのだと

思っていると、顔を真っ赤にし、汗だくとなっている様子は真夏に火鉢でも置かれたように暑苦しい。

格之進といい、暑苦しい男が身近に二人もいると、家斉のように氷でも食べないことには夏を乗り越えられない。

「これはね、口封じですよ」

助次郎は得意げに己の推論を述べた。

「何の口封じだ」

千代ノ介の問いかけに、

「賭場《とば》ですよ。仏たちは大川沿いにある何処かの武家屋敷で開帳されている賭場に出入りしていたんですよ。そこで、いざこざを起こした。挙句に、その武家屋敷で賭場が開帳されていることを御奉行所に訴え出ると言い出した。大方《おおかた》、負けが込んだ腹いせでしょうぜ。賭場としちゃあ、武家屋敷に迷惑がかかる。手入れでもされたら大変だとばかりに二人の口を封じたって寸法です」

助次郎はとうとうとまくし立てた。

六

千代ノ介が、

「何か根拠があってのことなのか」

「根拠というよりは、そうに決まってるんですよ」

助次郎らしい決めつけで、理由などないのだが、本人は空論で充分なようだ。

確かに、その線は捨てられない。しかし、被害者の素性によって賭場は手繰《たぐ》られるものだろうか。助次郎の推論は北村も考えたようで、

「一応、武家屋敷に当たりを付けてはいるのだがな」

と、表情を曇らせた。

「仏の身内から何か問い合わせがありそうなものじゃがな」

松右衛門が言った。

すると助次郎が、

「博打で借金をこさえるような道楽者の身内を持ってるとなると、名乗り出られますかね。あたしゃ、身内の線からは仏の素性は割れないと思いますよ」

助次郎はあくまで賭場で借金を作ったことに拘《こだわ》っている。その拘りから抜け

られないようだ。

「決めつけはよくない」

またしても自分の考えを否定され、松右衛門は不愉快そうに顔を歪めた。助次郎との間に松右衛門は溝《みぞ》を作ったようだ。嫌な空気が漂うが、助次郎はお構いなしに主張した。

「絶対に、身内は名乗ってなんて出ませんよ。賭けたっていい」

松右衛門は口をへの字にしたまま言葉を発しない。

すると北村が、

「仏はやくざ者ではないようだ。身なりといい、彫り物も入れ墨もなかったしな」

「かたぎだって賭場に出入りしますぜ」

助次郎は引かない。

「それはそうだがな」

北村は黙り込んだ。そこへ幸四郎が酒と枝豆、それに奴豆腐を持ってきた。北村は目を細めて酒を飲んだ。

「夏の昼に、探索するのは骨だ。暑くていかん」

北村のぼやきを受け、

「まったく、夏は食が細くなっていけませんよ。この暑さじゃ、あたしなんぞは無事に越せるかどうか」

急にか弱くなった助次郎がこほんこほんと咳《せき》をした。

「ともかく、夏の内には殺しを落着させねば」

北村は自分に言い聞かせるようにくいっと酒を飲んだ。


屋敷に帰ると須磨と文代が居間で待っていた。文代がまた何か料理を作って来たようだが、腹が膨れている上に文代の料理とあって、正直なところ食欲が湧かない。

すると文代と須磨が地球儀を見ながら、

「この世はまこと丸いのですか」

文代が聞いてきた。

須磨はまだこの世が丸いことに拘っているようだ。

「そのようですね」

曖昧に答えて、今日は疲れたからと寝間《ねま》に向かおうとしたが、

「千代ノ介、ここに座りなさい」

須磨に言われ、仕方なく二人の前に座った。文代も須磨もいかにも興味深そうに地球儀を眺めていた。

「まこと、丸いのですか」

須磨にくどくどと聞かれ、辟易《へきえき》してしまった。

「ともかく、そういうことになっておるのです。神か仏が造ったのです」

もっともらしい顔で答える。

二人は納得できるはずもないが、それでも、これ以上問いかけることは千代ノ介に対する無礼と思ったのか、あるいは答えを求めることは無理だと思ったのか、口を閉ざした。

格之進の妄想がとんだ厄介事を招いている。

第三章　花火と大砲

一

水無月も十日となり、

「お城のお勤めはいいのですか」

何日も出仕しない千代ノ介を、須磨は心配し始めた。

番付目付となってから、必ずしもお城への出仕はしなくてもいい。城に出仕することなく市中を見回るという日が珍しくはない。それでも、番付表の報告の際には出仕する。

出仕控えの身だとは言えぬまま日々を過ごし、時に出仕するふりをして屋敷を出た。

出仕するからには裃を着なければならないのだが、この暑さゆえ、ついついずぼらに着流し姿ばかりで屋敷を出る。須磨が不審を抱いたのも当然だ。

「あ、いや、本日にも出仕します」

つい、嘘をついてしまった。

「その格好で、ですか」

まさしく、着流しで城勤めはない。将軍のお側近くに仕える身とあっては尚更《なおさら》である。

「そうでした。うっかりしておりました」

「暑さでぼうっとなったのではありませぬか。そんなことでは上さまへの不忠となりますぞ」

須磨に責められて、千代ノ介は慌てて着替えた。のしめを着て、麻裃に身を包む。暑苦しくてならないのを我慢して玄関に至ったところで、

「この世は丸いのです。しっかりなさりませ」

須磨に言われ、つい頭を下げてしまったものの、この世が丸いこととお勤めがどう関わるのかと疑問に思った。

出仕控えであるからには、お城へは行けない。城と反対のほうへ足を向ける。武家屋敷が連なる路《みち》は幸いなことに木々が陰を作ってくれている。陰を伝って歩くと、いい具合に風が吹いてきてありがたい。出仕する旗本たちとすれ違い、怪《け》訝《げん》な目を向けられるため、視線を合わせることなく進んだ。武士たちの後ろから見知った顔の棒手振りたちがやって来る。

横を向いたが、中には千代ノ介と気づく者もいて、挨拶をしてくる。千代ノ介は気づかぬ振りをし、屋敷街を抜けようと走り出してしまった。

格之進は大砲を見物させてもらいたくて仕方がない。

「百川殿、百川殿が工夫なされた大砲、是非とも拝見させていただけませぬか」

「それはできぬ相談ですな」

百川はさすがに了解はしなかった。

「お願いでございます」

格之進は両手を合わせた。

「お見せしたいのは山々ですがな、拙者の独断では……」

百川は受け入れなかった。

「大砲は水戸家の上《かみ》屋敷にあるのですか」

さりげなく聞いた。

「上屋敷には置けませぬな。ああした物は」

「すると、下《しも》屋敷」

「いえ」

百川は蔵屋敷だと答えた。水戸家の蔵屋敷は大川に架かる吾妻橋《あずまばし》の上流、向島の小梅村《こうめむら》に二万三千坪を誇っている。向島にある広大な屋敷ならば、大砲の開発にふさわしいということだ。

「しかし、そこで大砲を放つのですか。なんと大胆な」

「そうでもござらん。夏の間だけ、蔵屋敷で放ちます。他の時節には水戸領内にて鹿島灘《かしまなだ》に向かって放つのでござる」

「夏の時節のみとは」

格之進が首を傾げた。

「夏には花火が打ち上がりますからな」

百川は言ってから、では失礼と格之進の許を立ち去った。

「夏、花火、蔵屋敷……」

格之進は呟きしばらくして後、
「そうか、花火だ」
と、手を打った。

その日のこと、御堂で梨本は家斉に拝謁《はいえつ》した。すっかりやつれ、両目が落ち窪《くぼ》んでいる。膳奉行によるとほとんど食事に手をつけることなく、生姜と酒を少しだけ召し上がるのみだとか。医師の診立てでは気の病《やまい》ということで、「上さまは家基さまの亡霊に悩まされておられる」と指摘されたが、梨本はそれに加えてお勢への恋慕の情だとわかっている。

医師からは連日、頭痛薬を処方されているが、一向に効き目がない。ついには、陰陽師《おんみようじ》による祈禱《きとう》が催《もよお》された。すなわち、家基の怨霊を慰めようと必死の祈禱が行われたのだ。城内ばかりではなく、上野寛永寺《うえのかんえいじ》、芝増上寺《しばぞうじようじ》といった徳川宗家《そうけ》の菩提寺《ぼだいじ》は元より、江戸にある主だった寺院でも祈禱がなされた。

ところがこれも効果はなく、ただ、花火が打ち上がる時には家斉が元気になるとあって、幕閣内では夏のみならず、一年を通じて花火を打ち上げさせてはどうかという意見まで出ているそうだ。

そんな最中、久しぶりに梨本は家斉から召し出された。

「楼閣の普請は順調か」

家斉は弱々しく言葉を投げてきた。

「水戸中将さまによりまして、それはもう堅牢《けんろう》な楼閣ができつつあります」

「明日にはできぬか」

「さて、それはいささか早急に過ぎると存じます」

梨本が答えると、家斉はため息を吐いた。

「余はもう、辛抱ができぬ」

「上さま、今しばらくのご辛抱でございまする」

梨本は声を励ます。

「余はみまかってしまうぞ」

家斉は天を仰ぎ絶句した。

「なんとお気の弱いことをおおせになられますもの。上さまは征夷大将軍、従一位太政大臣《だじょうだいじん》であらせられますぞ。この世の頂に立っておられるのです」

梨本は言った。

「なりとうてなったのではない。余は将軍になるはずではなかったのだ。将軍になど、なりとうはなかったのじゃ」

　家斉は家基を思い出したのか恐怖に身をすくませた。梨本は失言をしてしまったことを悔いた。

「上さま、せめてお食事をなされませ」

　梨本の言上に対して家斉はうつろな目を彷徨《さまよ》わせながら、

「明日、両国へまいるぞ」

　と、言った。

「なりませぬ」

　梨本は強く反対した。そうそうお忍び、すなわち川平斉平、「ひらひらさま」になるわけにはいかない。

「行きたいのじゃ」

「なりませぬ」

「行くぞ」

　家斉の病気が始まった。政に口を挟むことはないが、遊興には異常な執着を示す。だが、歯止めをかけることが家斉への忠義と梨本は腹を括《くく》り、

「なりませぬ」

ひときわ大きな声で反対すると、家斉の両目が吊りあがった。

「余は将軍ぞ！　直参の身で将軍に逆らうか。十郎左、控えよ！」

これには梨本も平伏するしかない。

将軍になどなりたくはなかったのではという不満をぐっと胸の中に仕舞い、家斉の言葉を待つ。待つまでもなく、

「明日、花火見物にまいる」

家斉は声を落ち着かせ、決意が鈍っていないことを示した。

困ったものだ。

最早《もはや》、異を唱えることはできない。

「畏れながら、明日の夕刻、こたびの楼閣普請のご挨拶とお礼に、水戸中将さまが上さまへ拝謁を願い出ておられますゆえ、それを済まされてからということになりまするが」

恐る恐る言った。

「水戸中将がか。余はあの者が苦手じゃ」

「上さまが言葉を交わされることはござりませぬ。御老中首座、水野出羽守さまをはじめとする御老中方とそれがしがお相手致します」

「されど、あの者は話が長いからのう」

「短く切り上げるように、それがしが段取りしますゆえ」

梨本は語調を強めた。

「なれど、越前《えちぜん》めもおる。越前は政の話となると夢中じゃ。水戸中将と海防の話でもされた日には、いつ果てるやもしれぬ」

越前とは遠江国浜松《とおとうみのくにはままつ》城主で西の丸老中、水野越前守忠邦《えちぜんのかみただくに》、政に身命《しんめい》を賭《と》している。今回の水戸中将斉昭は楼閣建設を、日頃からの海防についての献策が評価されたものと確信している。十中八九、話題は海防のこととなり、そうなれば政の鬼と評判の水野忠邦と幕府にも歯に衣着《きぬき》せぬ意見を言うことで知られる水戸斉昭とのやり取りは熱いものとなり、夜を徹しての議論となるかもしれない。

「十郎左、そちとて越前は苦手であろう」

家斉の言葉に梨本は失笑を漏らした。

水野越前守忠邦、元は唐津藩《からつはん》六万石の藩主であったが、唐津藩の藩主は有事の際には長崎《ながさき》防衛の役目があった。長崎奉行を配下に従え、九州の大名を糾合《きゅうごう》して戦の指揮を執る。そのために、幕府の中枢の役目を担うことはできないのが慣例だ。水野忠邦はなんとしても幕政を担いたいと思い、文化十四年（一八一七）

浜松藩との国替えに応じた。唐津藩は表高六万石、実高は二十五万三千石という豊かさだったのに対し、浜松藩は表高六万石、実高十五万三千石、実質的な減封《げんぽう》に家臣たちは大いに反対したが、忠邦は反対を押し切り浜松藩との国替えに応じた。

浜松城は神君徳川家康《いえやす》が居城としていたことから、累代《るいだい》に亘って譜代《ふだい》名門大名が封じられ、老中へ昇進する者が珍しくはない。そのため出世城と呼ばれている。

忠邦も浜松城主となって寺社奉行となり、老中への道が開かれた。それほどに忠邦は政に夢中なのだ。

そんな忠邦と斉昭が海防を語り始めたなら……。

家斉の危惧を思い、梨本が考え込んでいると、

「水戸は向島に蔵屋敷を持っておるな」

唐突に家斉が問うてきた。

「はい。それがいかがなされましたか」

「余が水戸家の蔵屋敷にまいる」

蔵屋敷からは花火がよく見える。なるほど、蔵屋敷に目をつけるとは、家斉は

自分の好きなことになると知恵が回る。

「蔵屋敷訪問のこと、よきにはからえ」

家斉は命じた。

「御意にございます」

梨本は両手をついた。

するると、家斉はにんまりとした。何かよからぬことを思いついたようだ。梨本が身構えたところで、

「千代ノ介も呼んでやれ」

と、言い添えた。

二

千代ノ介は裃姿で汗だくになりながら日本橋横山町にある鍵屋を訪れた。裏庭で忙しく働く花火師たちの中にお勢の姿を見た。円筒に硫黄、硝石、木炭を詰めている。その作業の間に、

「邪魔なんだよ」

と、邪険《じゃけん》な言葉を浴びせられる。

急いでお勢は避ける。すると避けた先でも、

「こっちに来るんじゃねえ」

などと怒声を浴びせられた。

さらには、

「木炭、持って来いって言っただろう。忘れたのか」

と、叱責を受けた。

お勢は頭を下げると蔵の中から木炭を持って来た。お勢の顔も木炭で汚れている。お勢の気性からすれば、売られた喧嘩は買いたいところだろうが、修業の身とあって文句一つ言わない。

その姿にお勢の決意が読み取れる。生半可《なまはんか》な気持ちで花火師修業をしているのではない。父のような花火師になりたいという思いだけでもあるまい。石にかじりついてでも一人前の花火師になるんだという強い意志に包まれているのだ。けなげと言うのはお勢に失礼だ。

一人の若き花火師の姿がそこにはあった。

やがて花火師たちが昼餉《ひるげ》に出て行った。その間にもお勢は懸命に花火作りにいそしんでいる。ただひとり残されても、お勢は手を止めようとはしなかった。

千代ノ介は日本橋の横丁を歩き、目についた一膳飯屋に入ると、大急ぎで握り飯と沢庵《たくあん》を竹の皮に包んでもらった。それを持って鍵屋に引き返した。

円筒の横にうずくまるお勢に、

「腹が減ったであろう」

と、竹の皮の包みを差し出した。

お勢は立ち上がって千代ノ介を見返した。炭と日焼けで真っ黒になった顔に笑みが広がった。

「ありがたい」

お勢は包みを受け取り、広げて握り飯を摑もうとした。

「座って食べろ。握り飯を食べる暇くらいはあろう。飯を食うゆとりもない花火師が打ち上げた花火など楽しくないのではないか」

千代ノ介が言うと、

「そりゃそうだ。一柳さま、いいこと言うよ」

お勢は井戸から釣瓶《つるべ》で盥《たらい》に水を汲《く》み顔と手を洗うと、首から下げていた手拭で拭《ぬぐ》った。

「さっぱりした」

お勢の顔が柔らかくなった。母屋の縁側に腰かけ、改めて包みを開く。

「一柳さまも一緒にどうだい？」

「わたしはよい。暇な身ゆえな、食事はいつでもできる」

「じゃあ、遠慮なく」

お勢は握り飯を食べ、沢庵を嚙んだ。沢庵を嚙むぽりぽりという音が蟬の鳴き声に重なる。その横顔は生き生きとしており、兄弟子たちの手荒い態度を弾き飛ばしていた。

つい見惚《みと》れていると、ハッとしたようにお勢は千代ノ介を見た。視線が交わり、千代ノ介はあわてて顔をそむける。

「食べてるの見られて照れちゃった。あたしも女なんだね」

お勢は恥じ入るように背中を向けた。

「すまん、あんまり美味《うま》そうなんでな」

「ああ、美味いさ」

「仕事を終えた後の酒はもっと美味いだろう」

「美味いな」

お勢は千代ノ介に向き直り、顔中をくしゃくしゃにした。

「親父殿も好きだったのか」

「おとっつぁんは下戸《げこ》だったんだ」

「ああ、そうだったな。でも、桔梗屋で酒を飲んで、酔って……」

その日は珍しく飲んだということか。祝い酒であったから、飲んだということなのかもしれない。

「下戸のおとっつぁんが飲んだってことは、今でも腑《ふ》に落ちない」

「無理やり飲まされたのかもしれんぞ」

「星屋のご主人は穏やかなお人柄だってことだから、無理やりってことはないと思うけど」

「星屋は新興の店だというけど、玉屋のように鍵屋から暖簾分けをしてもらったのか」

お勢の手が止まった。

「そうじゃないんだ。元は水戸さまで火薬役の下働きをしていたそうだ。花火師としてお仕えしていたんだ」

「お勢の親父殿も水戸家に奉公していたのであったな」

「そうなんだ。星屋のご主人はおとっつぁんの師匠だったんだ」

星屋の主人五兵衛は、水戸家でお勢の父正吉の先輩花火師であったそうだ。五兵衛は花火を打ち上げる技術を持つことから、水戸家を出て花火屋を立ち上げたという。正吉は水戸家の縁で星屋に奉公に上がったのだった。

「みんな、忙しそうだな」

千代ノ介が言うと、

「花火の打ち上げが、夏だけじゃなくって一年を通して行われるかもしれないんだって」

「ほう、どうしてだ」

「将軍さまがお望みだって噂だよ」

「公方《くぼう》さまが」

家斉、まさか、お勢への恋情が募り、そんな触れを出すつもりなのか。まったく困った将軍さまだ。

「まだ決まりじゃないけど。それならもっと材料を用意しなきゃって。お蔭でてんてこまいさ。将軍さまは勝手なものだね」

まさか、ひらひらさまこそが将軍であり、一年中花火を打ち上げさせるのはお勢への恋情なのだとは、夢想だにしないだろう。

「花火師としては迷惑なのか」

「迷惑だとは思わないけど、大変だなって。花火師だけじゃなくって、見るのも大変だよ。だってさ、冬なんか、北風に吹かれながら身を震わせて花火を見上げることになるんだからね、しんどいよ」

それもそのとおりだ。

「それに、花火は夏の風物なんだ。暑い夏、短い夜に花を咲かせるからこそ、見る値打ちがあるんだよ。夏以外にも見られるってことになったら、見飽きてしまうさ。見飽きたら、花火の音がうるさいって苦情が出るに決まってる」

「そうだろうな」

千代ノ介も賛同した。

「雲の上のお方は花火も上から見下ろしておられるのかもね。花火は見上げるからきれいなのさ」

お勢の言葉を聞いたら家斉はどう思うだろう。少しは己の行いを反省してくれるだろうか。

「すまないね。半人前の分際《ぶんざい》で偉そうにごたくを並べてしまった」

「ごたくではない。もっともな言い分であった」

「でもね、職人の世界じゃ、屁理屈《へりくつ》並べる奴は嫌われるんだ。口を動かす暇があったら手を動かせってね」

お勢は肩をすくめた。

なるほど、いかにも職人の世界だ。兄弟子の言うことは絶対、口答えは許されない。ましてや、お勢は女。女だてらにと見下されてもいるのだろう。強い決意の元に花火師の道を歩んでいるお勢につくづく感心した。自分の暮らしが恥ずかしくなった。自分は家斉の機嫌さえ損じなければいいのだ。

なんと甘い日々を送っていることだろう。

「ところで、ひらひらさま、お元気かい」

「至ってご健勝だ。毎晩、花火を見上げておられるぞ」

お勢恋しさに食が細っているとは言えない。

「御屋敷は番町なんだろう」

「そうだな」

「こう言っちゃあなんだけど、花火は大川端をそぞろ歩きしながら、見上げるのがいいんだ。音もよく聞こえて、花火を身近に味わえるよ」

お勢は空を見上げた。入道雲が光っている。

「何時《いつ》の日か、夜空一杯にあたしの花火を咲かせるんだ。誰もが立ち止まって言葉も止めちまうくらいの花火さ。花火に照らされるみんなが笑顔になってくれたら、こんなうれしいことはないんだ」

そうだ。花火は万人が楽しむものだ。

夜空に打ち上げられる花火は誰でも見ることができる。将軍だろうが大名だろうが金持ちだろうが貧乏人だろうが、老若男女を問わず、身分の垣根を超えて楽しむことができるのだ。誰をも笑顔にすることができる。

「いいことを聞いた」

千代ノ介が言うと、

「いけね、またごたくを並べちまった。花火のことになると熱くなっていけねえや。じゃあ、これで」

お勢は握り飯の礼を言った。はにかんだ様子が、男の前で食事をしたことの娘らしさを物語っていた。

「しっかりな」

千代ノ介は心の中で応援の言葉を送り、鍵屋の裏庭から出て行った。昼餉を終えた花火職人たちが戻ってきた。

「お頭《かしら》、今夜、あたしに打ち上げさせてもらえませんか」

お勢が年長の花火師に頭を下げた。すると、何人もの兄弟子が、

「十年早いぜ」

「女はすっこんでろ」

と罵声《ばせい》を浴びせる。

「お勢、頑張れ」

千代ノ介は男たちを張り飛ばしてやりたくなった。お勢と知り合う前だったら、男たちの襟首を摑んで外に引きずり出し、大喧嘩をしているところだ。ここはお勢のためにぐっと堪えて立ち去った。

三

明くる十一日の夕刻、家斉は僅《わず》かな供回りを従えて水戸徳川家の蔵屋敷を訪れた。家斉の他は小姓と梨本、千代ノ介たち近臣が付き従い、表向きの役人は西の丸老中、水野越前守忠邦のみが従うことを許された。忠邦は警護の指揮を執った。家斉を乗せた網代駕籠《あじろかご》の周囲を警護の侍が固めながら蔵屋敷へと入った。

蔵屋敷では斉昭以下、水戸家の家臣たちが出迎え、千代ノ介にも丁寧《ていねい》な挨拶を

送ってくる。大いに恐縮しながら屋敷内に入った。二万三千坪の広大な敷地には数多《あまた》の土蔵が建ち並んでいる。海鼠壁《なまこかべ》が夕日で茜《あかね》に染まり、何が収納されているのか、板の札が掲げてあった。米、味噌、炭、薪《まき》などの他に火薬などもあり、火薬庫は他の土蔵よりも堅固に造ってあった。壁の周りを鉄の薄板で覆ってある。

川風に乗ってほのかに漂ってくるのは味噌の匂いである。味噌汁を造っているのではなく、火事に備えて土蔵の鼠穴《ねずみあな》に味噌で目塗《めぬ》りをしてあるのだ。百を優に超す土蔵群とあって、目塗も大変であろう。

土蔵群を抜けると広大な敷地が広がっている。剝《む》き出しになった地はよく踏み慣らされていて硬い。敷地の向こうに、簡素な建屋があった。

瓦葺であるが、特別な装飾は施《ほどこ》されてはいない。蔀戸《しとみど》が上げられているため、濡れ縁を隔てて広間があるのが見えた。濡れ縁から伸びる階《きざはし》の下で裃姿の数人の侍が待っていた。真ん中にいるのが水戸斉昭のようだ。

家斉の駕籠が止められた。

引き戸が開けられ、家斉が外に出た。斉昭以下、水戸家の家臣たちが片膝をつき首を下げた。水野忠邦以下、幕臣たちも同様に挨拶をする。

家斉は足早に斉昭のほうに近づいた。斉昭が、

「本日は、わざわざ当蔵屋敷にお越しくださりましたこと、感謝に堪《た》えませぬ」

と、朗々《ろうろう》とした声で挨拶をした。

「水戸殿には気遣い無用になされ。ここは城ではないよってにな。花火でも見ようぞ」

家斉の気楽な物言いに、斉昭は戸惑ったように目をぱちくりとさせたが、

「上さま、夕餉の膳が整うまでの間、どうぞこちらに」

斉昭が立ち上がって家臣たちを目くばせをした。家臣たちが忙しく動き出した。そこへ水野忠邦が進み出て、

「中将さま、大砲でございますな」

と、目を輝かせた。

「いかにも。御城内の天守に普請しております、楼閣に備えるのと同じ大砲を上さまにご覧に入れます」

斉昭が言うと忠邦は表情を引き締めた。ところが家斉はあくびを噛み殺している。まったく興味を示していないが、斉昭と忠邦は大いに盛り上がっていた。

「百川、まいれ」

斉昭が声をかけた。

百川はなんと甲冑《かっちゅう》に身を固めていた。ただ、将軍の面前に出ることを憚《はばか》って なのか、兜《かぶと》を被らず面貌《めんぼう》も取っていた。草摺《くさずり》のこすれ合う音を響かせながら家斉と斉昭、忠邦の前に出ると片膝をついて深々と頭を下げる。

「本日、上さまの御前に侍《はべ》りますは、水戸徳川家火薬役頭、百川刑部でございます」

百川に続いて斉昭が、

「上さま、百川は楼閣普請の責任者でもございます」

すると家斉は、

「苦しゅうない」

と、生返事をした。

「では、百川」

斉昭に促され、百川は空地に向かった。

三門の大砲が曳かれてきた。

黒光りした筒が辺りを威圧する。さすがに家斉も目をむき、梨本も迫力に押されてうめき声を漏らした。

大砲を曳いてきた家来たちは、戦国時代に当世具足《とうせいぐそく》と呼ばれた具足に身を包み、陣笠を被っている。

戦国の世が再現されている。

斉昭の案内で家斉以下、みな大砲の後方に陣取った。百川が、

「大砲の飛距離はおおよそ、二里でござります」

すると斉昭が、

「江戸城の天守台から放てば、江戸湾にまで届きます。江戸湾を侵す異国の船を打ち砕くには十分でござります」

家斉は惚《とぼ》けた顔をして、

「異国、どの国の船じゃ」

斉昭は戸惑いつつ、

「エゲレスかオロシャでござります」

「エゲレスやオロシャの船が何故、江戸にやって来るのじゃ」

家斉には理解できないようだ。

忠邦が梨本を睨んだ。話が違うと言いたいようだ。楼閣建設は家斉が異国船を見張る目的で普請を命じたはずだと訝《いぶか》しんだに違いない。梨本は額に汗を滲ませ、

「上さま、楼閣普請は火の見櫓であると同時に江戸湾に侵入する異国船を見張るためでございます。不届きにも江戸湾を侵す異国、おそらくはエゲレスとオロシャの船への用心。そのために、水戸さまの大砲が役立つとは、上さまよりの御指示でございました」

梨本に言われて、楼閣建設の大儀を思い出したのか家斉はうなずき、

「そうであったな。余は失念しておった。水戸殿、許されよ」

と、軽く頭を下げた。

「勿体《もったい》のうございます。上さまは、天下のことを様々にお考えゆえ、多忙を極めておられます。お忘れなのは無理からぬこと」

斉昭は破顔した。

忠邦もうなずく。

百川が、

「本来なら実際に放っておるところをご覧に入れたいのですが」

忠邦がこれを受けて、

「中将さま、上さまに花火をお目にかけてはいかがでございましょう」

と、進言した。

斉昭がうなずく。

「花火か」

たちどころに家斉も興味を示した。

忠邦が、

「大名花火にあって、水戸家の花火はひときわ評判を集めております。上さま、是非ともご覧くださりませ」

と、家斉に向かって一礼した。

「よかろう」

家斉はうなずく。

夕闇が迫り、そろそろ花火がうち上がる頃である。家斉はそわそわとし始めた。

「ならば上さま、準備が整うまで酒肴《しゅこう》など」

斉昭の勧めで家斉は大広間へと向かった。忠邦が斉昭に、

「中将さま、しかとご覧に入れてくだされ」

耳元で囁く。

「越前、気遣い痛み入る。花火にかこつけて大砲の試射とは、さすがは越前じ

や。よきことを進言してくれたものよ」

「中将さま、但《ただ》し、大砲によって、被害が出ることはございますまいな」

「それはよくよく慎重にも慎重を期しておる。砲弾が落下する所は田や畑じゃ。予《あらかじ》め、その周辺の百姓どもには、わが屋敷に招き飲み食いをさせた上、金子《きんす》を与えておる」

大名屋敷の内、下屋敷では青物《あおもの》の栽培がなされている。畑を耕《たがや》し青物を育てるために、江戸郊外の百姓たちを雇っている。大砲を撃ち込む田畑は水戸徳川家の下屋敷出入りの百姓たちのものだった。

家斉は斉昭の案内で大広間に入った。上段の間に座がしつらえてあり、斉昭以下水戸家の重臣たちと忠邦以下の幕臣たちが居並んだ。千代ノ介は広間には入ることが許されず、濡れ縁に侍《はべ》った。別に不満はない。このほうが気楽だ。

膳は豪勢を極めたものではなく、むしろ質素なものだった。里芋《さといも》と昆布《こんぶ》の煮しめ、魚は鮎《あゆ》の塩焼き、玉子焼きと蒲鉾《かまぼこ》が彩りを添えているだけだ。但し、酒は上方からの下《くだ》り酒で、それを家斉は上機嫌に飲み始めた。

「上さま、花火はお好きでござりますか」

斉昭が問いかけた。

「好きじゃ。好きゆえに、楼閣を建てる」

家斉はうっかり口を滑らせてしまった。あわてて梨本が、

「上さま、お戯《たわむ》れを」

と、口を挟んだ。

家斉が口をつぐんだところで斉昭が、

「いや、さすがは上さま。よくぞ申されました。敵を欺《あざむ》くにはそれでございますな。江戸城本丸天守台に巨大な楼閣を建てるなどと耳にしたら、民は恐れましょう。すぐにも戦が始まるのではないかと。まかり間違ってエゲレスやオロシャの耳にも入るかもしれません。それが、花火見物のためなどということであれば、まさしく泰平の夢に酔っていると思うことでありましょう。ところが、実際は紅《こう》毛人《もうじん》どもをあっと驚かせる趣向があると」

と、いい具合に解釈をしてくれた。

「それよりも、花火はまだかのう」

家斉は腰を浮かせた。斉昭が、

「間もなくでございます。では、そろそろ調練場に降り立ちましょうぞ」

立ち上がった。

すると、両国橋の方角から花火が打ち上がった。家斉はハッとして花火のほうを見るなり、大広間を足早に横切った。

四

「上さま、上さま」

梨本が慌てて呼びかける。斉昭も啞然《あぜん》としたが、家斉はお構いなく階を下り、さすがに草履《ぞうり》は履《は》いているが、そのまま調練場を横切ると練塀《ねりべい》近くに建てられた火の見櫓に向かった。警護の侍や、水戸家の家臣たちも驚く中、家斉は梯子《はしご》を上る。忠邦が厳しい目を梨本に向けてきた。梨本は咄嗟《とっさ》に、

「方々《かたがた》、上さま自《みずか》ら陣頭に立たれましたぞ」

声を張り上げ千代ノ介を睨んだ。千代ノ介は慌てて家斉を追い、火の見櫓の梯子を上る。斉昭がつられたようにして、

「百川、いざ」

と、命じながら広間を横切る。

百川も庭に下り立ち、花火師たちに花火を打ち上げるよう命じた。

千代ノ介は火の見櫓の上に登った。家斉は腹の高さまである板壁に寄りかか

り、前のめりになって花火に見入っている。一番手前で打ち上がっているのは星屋、続いて玉屋、両国橋の向こうが鍵屋の打ち上げ花火だ。

千代ノ介はそのことを伝える。家斉はふんふんとうなずき更に身を乗り出そうとした。すると、屋敷内で大きな破裂音がした。水戸藩邸内でも花火が打ち上げられたのだ。

水戸家の花火は大名花火とあって、一直線に頭上高く上がる。狼煙のようだ。ただ、橙色《だいだいいろ》の軌跡は描くものの、頂に至っても爆ぜるだけで花を咲かせることはない。

家斉は見向きもしない。

斉昭や忠邦、梨本は大砲の背後に立った。

「上さまに御覧頂くのだ。心して放て」

百川が命じた。

大砲に砲弾が込められる。

やがて百川の号令で大砲が放たれた。花火の音がうまい具合に大砲の砲声に重なる。三門の大砲が火を吹く。地響きがするほどの迫力に満ち満ちていた。

しかし、火の見櫓の上の家斉は一顧《いっこ》だにしない。

やがて、何故か水戸家の花火が打ち上げられなくなった。屋敷内は大砲の砲声に包まれたが、町人花火の音に混じり水戸家の花火が打ち上がらなくとも、目くらましならぬ、耳くらましとなっていた。

格之進は水戸家蔵屋敷にやって来た。

黒小袖に裁着《たっつ》け袴《ばかま》という忍《しの》び装束《しょうぞく》で顔は黒覆面《くろふくめん》で隠し、打飼《うちがい》を背負っている。

裏門脇の築地塀《ついじべい》の上に登り、屋敷内を見回す。裏庭に設けられた畑の側で野良仕事を終えた百姓たちが茶を飲んでいた。そっと躑躅《つつじ》の陰に身を潜め、百姓たちをやり過ごすことにした。

百姓たちのやり取りが聞こえてくる。

「今日は、忙《せわ》しねえな」

「しょうがねえ。将軍さまがおいでだそうだ」

「花火をご覧になるそうだな」

「花火は花火でも、おっかねえ花火だ」

二人のやり取りを格之進は耳にし、百川が誇っていた大砲の検分に、将軍家斉がやって来たのだと思った。まさしく将軍自らが夷狄征伐の陣頭指揮に立つことの現れであろう。

格之進は身が引き締まる思いで打飼を解いた。中には野良着が入っている。素早く着替えて、百姓たちが置いていった鋤《すき》を肩に担いだ。夕闇が濃くなった屋敷内を歩き、御殿の横を通る。咎められるかと危ぶんだが、警固の侍たちは御殿前に集結し、誰ともすれ違うことなく移動することができた。

火の見櫓の下に大砲が三門据えられている。遠目にも老中水野忠邦の姿がわかった。将軍家斉は何処であろうか。火の見櫓の梯子を登る若い侍の姿があった。

千代ノ介である。

千代ノ介は急ぎ足で梯子を登る。

櫓の上には年老いた侍がいた。

まごうかたなき征夷大将軍、従一位太政大臣徳川家斉公、その人だった。

格之進は思わず平伏した。

やがて、邸内で花火が打ち上げられた。

百川が言っていた大砲の砲声を消すための花火であろう。

果たして据えられた三門の大砲が火を吹いた。

格之進は両耳を指で塞いだ。

「凄い……」

全身が武者震《むしゃぶる》いした。エゲレスやオロシャの船が砲弾を浴びて沈没する様が脳裏に浮かんだ。

「やれ、もっとやれ」

心の中で叫ぶ。

この大砲が江戸城内の楼閣に備えられれば、エゲレス、オロシャなんぞ恐るるに足らず。さすがは上さま、我ら直参、上さまの号令の下《もと》、まさしく玉となって砕け散る所存でござります。

いや、砕け散っては忠義を尽くせぬか。

ともかく村垣格之進、身命を投げ打って上さまのために尽くします。

格之進は興奮の余り目頭《めがしら》が熱くなった。


格之進が感涙にむせんでいる頃、火の見櫓の上では家斉が花火に興奮していた。ぴょんぴょんと跳ねながら子供のようにはしゃいでいる。

「千代ノ介、あれはお勢が打ち上げた花火か」

家斉は、千代ノ介の他は誰にも櫓には登ってこさせず、千代ノ介も上がってこられては困ると思った。梨本も櫓の上で見せているであろう醜態を斉昭以下、水戸家の家臣、忠邦以下の幕臣の目に触れさせてはならぬとの判断から、

「上さまは、櫓の上から大砲の試射をご覧になられます。楼閣が出来た時のことを想定してのことにござります。我らは地上にて待てと命じられました」

もっともらしく取り繕った。

斉昭も忠邦も神妙に従った。

「千代ノ介、いかがじゃ」

家斉は花火を見たまま問いを重ねた。

「まさしくお勢の打ち上げた花火と存じます」

それは、家斉の想いを満足させるのと同時に、お勢が花火を打ち上げるのを願ってのことであった。

すると、ひときわ美しい花火が夜空を彩った。空高く打ち上がり、大きく割れたと思うと無数の星が煌《きら》めきを放ちながら落ちてくる。息を呑むような美しさだ。家斉も感激の面持《おもも》ちで見入り、

「お勢」

と、感に堪えたような声を振り絞った。

果たしてお勢が上げた花火なのかどうかはわからない。両国橋の下流で打ち上がったからには鍵屋の花火師が打ち上げたのだろう。初めて見る花火であることからも、お勢の花火ではないかという気がした。そして、何となくではあるが女らしさを感じもした。

家斉はふんふんとうなずき、

「美しいのう、美しいのう」

と、感嘆の声を上げた。

やがて、花火は終わった。

ところが、櫓の下ではちょっとした異変が起きていた。大名花火がうまい具合に打ち上がらないのだ。花火師たちは焦って何度もやり直した。斉昭も百川も咎めることはなかった。みな、花火などどうでもよく、ひたすらに大砲の試射にのみ気を取られていたのである。

「千代ノ介、お勢に会いたい」

やおら、家斉が言った。

「あ、いや、それはなりませぬ」

「おまえまでが十郎左のようなことを申すな」

「しかし、水戸中将さまや水野越前守さまがおられますぞ。この後、上さまに大砲のこと、あれこれとご教示あるものと存じます」

千代ノ介は言った。

「それよ」

家斉は顔をしかめた。

「いかがされましたか」

「水戸中将と越前のことじゃ。海防について延々と論ずるに違いない。実に退屈な時が待っておるのじゃ」

家斉は憂鬱《ゆううつ》そうにため息を吐いた。

それが、上さまのお務めでござりましょうと内心で呟く。斉昭も忠邦も、水戸家の大砲の試射のために家斉は蔵屋敷にまでお渡りになったと信じているのだ。

これればかりは、

「よきにはからえ」

ではすまされないだろう。

「上さま、とにかくここから降りねばなりませぬ」

千代ノ介が言うと、

「そうじゃな」

家斉は渋々応じた。と思ったら、こちらを向いて家斉はにんまりと笑った。嫌な笑いである。

何かよからぬことを思いついた時の笑みだ。

「あ、痛い、苦しい」

家斉は胸に手をやると、片膝をついた。しかし、その顔は一向に切迫したものは感じられず、間違いなく仮病を思わせた。

「上さま、大人げのうございますぞ」

すると家斉は立ち上がり、

「一時《いっとき》じゃ。一時だけ休む。一時の後に水戸中将や越前に付き合《お》うてやる」

「一時の間にお勢を訪ねるのですか」

「そうじゃ」

「しかし、花火は終わっておりますぞ」

「よい」

何がよいのだと内心で思うと、

「行くぞ」

家斉はさっさと梯子を降りようとしたが、

「そうじゃ、余は病じゃ。千代ノ介、おぶえ」

「上さま、おぶったままでは危のうございますが」

「千代ノ介が余を落とすことはあるまい。余は千代ノ介を信ずる。千代ノ介に命を預けたぞ」

将軍に命を預けられるとは幕臣にとってこれ以上の誉れはないが、その目的が女会いたさのための仮病というのが情けない。

「はよ、屈《かが》め」

家斉に命じられ、千代ノ介は屈み込んだ。家斉がおぶさってきた。家斉の身体は軽いが、梯子を降りるとなると気を抜くことはできない。

ゆっくりと梯子に向かう。

「そっとじゃぞ」

家斉の声がした。

「御意！」

千代ノ介は声を励ました。

五

千代ノ介は家斉をおぶったまま梯子を下り始めた。両手で梯子をしっかりと持ち、一歩、一歩確かめながら下りる。じきに下から、

「上さま！　いかがされましたか」

忠邦の声が聞こえる。

続いて大きなざわめきがした。千代ノ介の胸は後ろめたさで一杯になった。ところが家斉はけろっとしたもので、

「もっと、丁寧にゆっくりと降りよ」

などと文句をつけてきた。

「承知いたしました」

逆らうわけにはいかず一段一段、しっかりと踏みしめて下りてゆく。

半ばほどまで下りた時だった。

やおら、花火が打ち上がったのだ。水戸家の花火職人があれやこれや、うまくいかないとすったもんだした挙句にようやくのことで打ち上げたのであったが、

町花火は終わり、それを潮に大砲の試射も終了していた。

静寂が訪れていただけにその爆音は不意打ちを食らったようなもので、一同驚きの声を放った。家斉も驚愕《きょうがく》し、悲鳴と共に千代ノ介の首に回した両手に力を込めた。更には家斉が足をばたつかせたため千代ノ介も泡を食い、梯子から足を踏み外してしまった。

しまったと思う間もなく、ずるずると滑るように梯子を落下する。

千代ノ介は両の掌《てのひら》に渾身《こんしん》の力をこめる。掌が梯子段にこすれて熱くなったがどうにか踏み止まることができた。それからはゆっくりと梯子を下り、地を踏みしめた。掌の皮がめくれていた。

「上さま、なんとされましたか」

忠邦が問いかけてきた。

家斉は千代ノ介の耳元で、

「よきにはからえ」

と囁いたきり口をつぐんだ。

千代ノ介はみなを見回し、

「上さまにおかれましては、急なる病、しばし、ご休息をお取りになります」

すぐに斉昭が寝所を用意した。

「医師を呼びましょう」

斉昭の申し出を梨本が丁重《ていちょう》に断り、一時ほど休むことを伝えた。

用意された寝所に入ると、家斉はぐったりとした態度が一変、元気満々となった。

「さあ、行くぞ」

家斉は着替えをした。梨本が心配そうに、

「くれぐれもお気をつけくだされませ」

最早、引き止めることの無駄を悟っているようだ。

「わかっておる。それよりも十郎左、余が留守の間、よきにはからえ」

「御意にございます」

梨本は平伏した。

家斉は空色の小袖の着流しに菅笠という、川平斉平、お勢が言うところの、「ひらひらさま」の格好になった。

「では、川平殿」

千代ノ介が呼びかけると、家斉はうれしそうな顔をした。

千代ノ介は家斉を伴い向島の蔵屋敷を出ると、夜道を鍵屋まで急いだ。大川沿いに南へと進む。徒《かち》で進むことに家斉は抵抗を示さない。お勢会いたさに千里の道も厭《いと》わずの心境なのだろう。川添いの道には人通りは少なくなったものの、それでも、涼を求める男女が行き交っている。中には西瓜《すいか》をかじったりして浮かれ騒いでいる者たちもあった。

四半刻（三十分）後、両国橋の下流、鍵屋が打ち上げていた河原にやって来た。

花火の残骸《ざんがい》を掃除する花火師たちの姿が見受けられる。数人がかりで片づけを行っていた。花火の華やかさとは違って、地味で寂しい仕事である。

お勢もいた。

家斉の足が止まった。声をかけようとしているが、言葉が出てこないようだ。

「あとは、あたしがやっときます」

お勢は花火師たちに声をかけた。花火師たちは、

「頼むぜ」

と、渡りに船とばかりにさっさと河原を立ち去った。お勢は黙々と片づけをしている。ただ、そんなお勢を見守るように一人の年配の花火師が残った。

家斉が河原に倒れる円筒を拾った。お勢がハッとして立ち上がると、

「ひらひらさま」

ぼんやりとした声で語りかけた。

「息災《そくさい》のようじゃな」

家斉はやっとのことで言葉を発した。

「お殿さまってのは、言葉遣いが堅苦しくていけねえや」

お勢はおかしげに笑った。

家斉は口の中でもごもごとさせていたが、

「花火、美しいのう」

「見てたのかい」

「むろんじゃ」

「よく見えたかい。あたしが打ち上げた花火は一旦、爆ぜてからきらきらと星が瞬《またた》くって趣向なんだ」

千代ノ介は鮮やかな花火を思い出した。やはり、お勢が打ち上げたのだ。うれしくなった。

「見た、見たぞ」

家斉も叫んだ。続いて、いかにその花火が美しいものであったかを興奮気味に語り始めた。

「何と申すかのう、言葉に尽くせぬ美しさじゃ」

と、言いながらも溢れる気持ちは言葉となって発せられた。

「さながら、夜空を天女が舞い、楊貴妃《ようきひ》が蓮《はす》の花の上で昼寝をしているような、いや、違うの。吉野《よしの》、醍醐《だいご》、飛鳥山《あすかやま》の桜を一度に集めたような、いや、そうではないか。小野小町《おののこまち》が歌を詠《よ》む横で静御前《しずかごぜん》が舞い、それを見てお市《いち》の方が涙する、いやいや、違うの。要するにじゃ、言葉に尽くせぬ美しき花火であったわ」

家斉の言葉は意味不明だが、感動を伝えようとしたことはお勢にもわかったようで、

「照れるよ、世辞《せじ》はいいさ」

言いながらも、お勢は満更《まんざら》でもないようだ。

「自信を持っていいのではないか」

千代ノ介が言うと、家斉も深々とうなずく。

「おだてたって、何も出ないさ」

「花火の名前はつけたのか」

千代ノ介の問いかけに、

「名前か、実は名前は決めてあるんだけどさ」

お勢は照れくさそうだ。

「聞かせてくれ」

千代ノ介が問いかけると、家斉も聞きたそうに首を伸ばした。

「満天きらきら星ってんだ」

お勢は満天の星がきらきらと瞬くさまを花火にしたのだと説明を加えた。

「よき名じゃ」

家斉が言う。千代ノ介は正直、あまりいい名前とは思わなかったが、自分がケチをつけることもなかろうと黙っていた。

するとお勢が、

「いや、今一つだね。なんか、もっといい名前がないかな」

と、家斉の顔を見た。

やがて、

「そうだ、満天ひらひら星ってのはどうだい」

家斉はきょとんとしていたが、

「満天ひらひら星か」

と、呟く。

「決まり、満天ひらひら星にしよう。ひらひらさま、ありがとうございます」

お勢は満面の笑みを送った。

「いや、余は何も」

家斉は口をもごもごとさせ頬を赤らめた。

「花火の下ではお侍も町人もお百姓もみーんな一緒さ。あたしは満天ひらひら星で江戸じゅうの人を笑顔にしたいんだ」

家斉はじっとお勢の横顔を見つめていた。

その頃、蔵屋敷では格之進が感激の面持ちで屋敷から出て行こうとした。すると、花火師たちが百川から呼び止められ、打ち上げの失策を咎められた。

「上さまの御前《ごぜん》でぶざまなことをしおって」

百川が凄い形相で叱責を加えた。

「申し訳ございません」

二人の花火師は平謝りに謝る。

「殿が恥をかくところであった」

百川の怒りは収まらない。

「ですが」

「なんだ」

「寅八《とらはち》と為三《ためぞう》がいなくなってしまって、あっしら、てんてこまいです」

一人が言った。

「言い訳をするか」

百川は声を荒らげた。

二人は土下座をして動かなくなった。百川はひとしきり怒りをぶつけてから憮《ぶ》然《ぜん》としたまま立ち去った。

二人は百川がいなくなったのを見計らってから、

「百川さまお怒りになってもな、おれたちだけじゃうまくいかねえって何べんも言ったんだ」

「お聞き届けになるようなお方じゃねえよ。まったく、寅八と為三は何処へ行ってしまったんだ」

　寅八と為三が元々の花火師であったようだ。しかも腕はよかったのだろう。寅八と為三、見たことも会ったこともないが、突然いなくなったというのが気にかかる。

　ともかく、水戸家の大砲の威力はわかった。必ずや夷狄征伐は成就《じょうじゅ》するだろう。


　家斉は蔵屋敷に戻り、寝所で着替えを済ませると何食わぬ顔で広間に戻った。千代ノ介も濡れ縁に侍る。

　忠邦と斉昭は顔が真っ赤になっていた。これまでにも相当な議論が戦わされてきたのだろう。

「上さま、海防は早急に進めることが肝要《かんよう》でございますぞ」

　斉昭が早速言上した。

　すると家斉は、

「急ぎ楼閣を完成させせよ」

お勢に対してとはまるで別人、その姿は征夷大将軍の威厳に満ち溢れていた。

この威厳には、さすがの水戸中将斉昭も威圧されるように平伏をした。一同がまさしくひれ伏した。

「承知いたしました」

「上さま、本日は御渡りくださりましてまことにありがとうございます」

斉昭の顔は興奮で火照《ほて》っていた。

千代ノ介のみは後ろめたさで身を焦がされた。

六

明くる十二日の朝、千代ノ介が屋敷から出るのを格之進が待ち構えていた。さんさんと降り注ぐ太陽を見上げながら、

「昨晩、上さまは水戸さまの蔵屋敷を訪問されただろう」

「よくご存じですな」

千代ノ介が関心を示すと、

「実はな、蔵屋敷に忍び込んだのだ」

格之進は水戸家の大砲に度肝《どぎも》を抜かれたこと、家斉が夷狄征伐の総指揮を執る決意を示したことに深く共鳴したと興奮しながら語った。

千代ノ介は話を合わせながら、

「まさしく、上さまは楼閣建設に期待を寄せておられます」

期待を寄せるのは決して夷狄征伐なのではなく、お勢の花火、「満天ひらひら星」を見るためなのだが。

「我ら、よき時に生まれ合わせたものだな」

「まことにござります」

「昨夜ほど、将軍家直参の誇りを抱いたことはないぞ。それにしても、水戸家の花火師はかわいそうであった」

思いもかけないことを格之進は言い出した。

「気の毒とは」

「粗相《そそう》をしたではないか。お主もその場におっただろう」

「そういえば、花火が思うように打ち上がりませんでしたな」

「それも気の毒な話なのだ」

格之進は二人の花火師が行方知れずとなっていることを語った。

「花火師が行方不明か」

千代ノ介は引っかかるものを感じながらお城へと出仕した。


御堂で梨本と対面する。

「上さまは、いたく上機嫌であられるぞ」

梨本が珍しく千代ノ介を誉めあげた。昨晩の家斉はお勢に会ったことで気を良くしたせいか、上機嫌で水戸家蔵屋敷に戻り、斉昭や忠邦を前に征夷大将軍の威厳を示した。

「一柳、昨晩はよき働きをしたぞ」

梨本はひとしきり誉めあげてから、

「して、お勢は側室になることを承知したのだな」

と、笑顔で聞いてきた。

「いいえ」

千代ノ介は首を横に振った。

「なんじゃと」

梨本は一転して不機嫌になった。

「上さまは、お勢を側室にはなさらないお気持ちでござります」

「そんな馬鹿な。口ではおおせにならずとも、ご心中にお勢への想いを秘めておられるのじゃ。そのこととお主にはわからぬか」

「上さまが、女への想いを秘めるようなことをなさるとお思いでござりますか」

「それは」

梨本は口ごもった。

「これまでに、お手をつけるにあたって、遠慮などなさりましたか」

千代ノ介が反論を加えたところで家斉が入って来た。

「千代ノ介、大儀《たいぎ》」

家斉は上機嫌である。

「上さま、昨夜はお勢にお会いになられたのでござりますか」

梨本が聞いた。

「会ったぞ」

「それで、その、側室の件はいかが取り計らいましょうか」

「誰を側室にするのじゃ」

家斉はあくびを嚙み殺しながら尋ねた。

「決まっております。お勢でございます」

梨本は目をむいた。

家斉のこめかみがぴくぴくと動いた。

「お勢を側室にしたいなどと余が申したか」

梨本はのけ反《ぞ》り、

「お言葉ですが、側室になさりたいとばかり思っておりましたが」

家斉は薄笑いを浮かべ、

「十郎左、そなたまことに野暮《やぼ》な男よのう」

「野暮……、野暮とはいかなることにございますか」

梨本はすっかり恐縮してしまった。

「それが野暮なのじゃ」

家斉は愉快そうに笑い声を上げた。

梨本は恐縮しながら、

「では、お勢はどのようにはからえばよろしいのですか」

「どうもすることはない。このままでよいのじゃ」

「と、申されますと」

「市井にあって花火師として暮らすのがよいのじゃ。お勢を大奥のような窮屈な場所に置いておくのは忍びない。今のままのお勢がよいのじゃ。大奥になど上がれば、お勢ではなくなってしまう。そうであろう、千代ノ介」

「御意にござります」

千代ノ介は即座に首肯した。

梨本はぽかんとしている。

「十郎左、とにかく楼閣の普請を急げ。千代ノ介は、何か面白い番付表を持ってまいれ。幽霊では月並みだぞ」

家斉は告げるや御堂を出て行った。

「承知致しました」

梨本は頭《こうべ》を垂れた。それから、

「上さま、いかがされたのだ。まさか、本気で海防に乗り出されるのではなかろうな。夷狄相手に戦をなさろうなどとお考えではあるまいな」

「お言葉ですが、上さまは征夷大将軍であらせられますぞ。征夷大将軍のお役目は夷狄を征伐することとです」

千代ノ介はそれだけ言うと腰を上げた。

「何処へまいる」

「上さまの御命令です。珍しき番付表を探してまいります」

千代ノ介は言った。


昼の暑い最中、千代ノ介は助次郎の絵草紙屋、恵比寿屋にやって来た。助次郎は暑さにへたり込んでいる。帳場机に突っ伏し、まるでとどのように伸びていた。

「ひどい様だな」

千代ノ介が声をかけると助次郎は顔を上げて大あくびをした。

「なんだ、一つ柳の旦那か」

「なんだはないだろう。しかし、暇だな」

「そうおっしゃる旦那だってお暇でしょう」

助次郎は言い返した。

「お互い暇ということで、何か面白い番付表はないか」

千代ノ介は店内を見回した。絵草紙は時節柄、幽霊だの物の怪だので一杯だ。

「幽霊以外で、何か面白い番付表はないのか」

「お侍はお気軽でいいね。面白いものがないかとねだっていればいいんだから。そりゃ、夏っていうと怖いものになってしまうさ」

言いながらも助次郎はごそごそと机の引き出しの中を探り始めた。

すると、

「ああ、暑いな」

と、北村が入って来た。

羽織を脱ぎ、店に置いてある団扇を激しく動かし汗を手拭で拭った。

「殺しの探索、まだ下手人が見つからぬのか」

千代ノ介の問いかけに、

「下手人どころか仏の素性も未だわかりません」

北村はお手上げだとばかりだ。

「それは、大変でござるな」

千代ノ介が言うと、

「一つ柳の旦那、暇なんだから南北の旦那を手伝ってやったらどうですよ」

「おまえだって暇だろう」

「あたしはね、店があるし、それにあたしゃ、生まれついての虚弱ときてますんでね。炎天下に歩き回ったら寿命が縮まっちまいますよ」

助次郎はこほんこほんと空咳をした。

「手がかりが摑めないのか」

千代ノ介は北村に向き直った。

「二人の人相書を作りましてね、岡っ引きに大川の向こうの武家屋敷を回らせているんですよ」

一応、賭場に出入りしていた可能性を捨てきれないということと、他に手がかりはないということから当たったのだそうだ。

「さっぱりですよ」

探索は芳《かんば》しい結果は得られなかった。仏の身元がわからない以上、下手人の割り出しようもないのだった。すると助次郎が、

「御蔵《おくら》入りの事件番付ってのを作ってみようか」

と言った。

これは北村の気分を害し、

「おいおい、皮肉か」

「こいつは悪かったですね。南北の旦那を怒らせちまった。一つ柳の旦那が変わ

った番付表が欲しいなんて言うからですよ」

まるで自分に責任はないとでも言いたげであった。この図太さでは、短命どころか百までも生きるのではないか。百になっても、自分は身体が弱いなどと愚痴《ぐち》をこぼしていそうである。

「いや、一柳殿にはそんなことは頼めない」

北村が言うと、

「そうだな。餅《もち》は餅屋だ」

助次郎はあっさりと自分の考えを引っ込めた。

「一応、人相書をもらっておこう」

千代ノ介は人相書を受け取った。二人をしげしげと見やった。顔を潰されていたとあって、墨が塗られて面相はわからないが、背丈だの推定年齢だの、身体の特徴などが記してある。男の一人が右手の甲に火傷《やけど》を負っているのが目を引いた。

第四章　仕掛けられた花火

一

とりあえず、お勢を側室にするという梨本の命令は立ち消えとなった。正直ほっとした。家斉も市井で暮らしてこそのお勢なのだと思っていた。

明くる十三日の朝、屋敷でくつろごうと思ったところ、文代がやって来た。なんとなく視線を合わせ辛いのは、祝言を前に憂鬱《ゆううつ》な気分を味わったからであろうか。そんな千代ノ介をよそに、文代はかいがいしく須磨の台所仕事を手伝ってくれる。

「文代殿、いつもすまぬな」

「とんでもございませぬ。当たり前のことをしているだけですよ」

文代はにこやかに朝餉を調《ととの》えてくれた。

何時の日だったか、助次郎が妹お純に言いつけていた朝餉の献立《こんだて》が思い出される。

真《ま》っ白《ちろ》いおまんまと温かい味噌汁さえあればあとは何もいらないと言いながら、あれこれと注文を並べたのがいかにも助次郎らしかった。

「あとは、焼きのりに胡瓜《きゅうり》の糠《ぬか》漬《づ》け、鯵《あじ》の干物、それからもちろん納豆があれば十分だよ。あ、それからね、納豆には葱《ねぎ》を細かく刻んでたっぷり入れとくれよ」

調子よく歯切れのいい口調で助次郎が捲《まく》し立てると、お純はご飯と味噌汁だけを盆に乗せ、あとはうちの人の所で食べたらと軽くいなした。

試しに文代にやってみようかと思ったが、お純のようにいなすことなく、文代は懸命に千代ノ介が望む朝餉を調えることだろう。

少々塩辛い豆腐の味噌汁を口に入れ、刻んだ葱の大きさもばらばらだが、それがかえって文代らしく、いじらしくもあった。ふと、これが夫婦となった時の幸せというものかと思ってしまう。何ということもないやり取りと、湯気の立つ真っ白い飯と、舌が焼けそうな味噌汁。

助次郎が言っていた。

「真っ白い炊《た》き立てのおまんまに舌が焼ける味噌汁、これがないと江戸っ子の一日は始まらないんだよ」

なるほどと納得できる。

家斉の食膳に上る味噌汁は冷めきっている。贅沢な料理を食することはできても、その料理を真に味わうことができないとは将軍も不自由なものだ。

文代に感謝したくなった。

不意に、

「文代殿は花火はお好きか」

思いもかけない問いかけであったのだろう。文代は言葉を詰まらせて後《のち》、

「好きでございますが……」

それがどうしたのだと目で問うている。

「今夜、見物に行きませぬか」

文代の顔が輝き、

「よろしいのですか」

声を弾ませた。

こちらが驚くくらいの喜びようである。

「むろんです」

「千代ノ介さまは花火がお好きなのですか」

「今年から好きになりました」

つい、本音が口をついて出た。

「何かきっかけがあったのですか」

文代は小首を傾《かし》げた。

「なんとなくです」

曖昧《あいまい》に言葉を濁した。


暮れ六つ（六時）近くとなり、千代ノ介は文代を伴って両国西広小路近くの大川端をそぞろ歩いた。床見世や屋台は相変わらず賑わっている。文代は歩いているだけで楽しそうだ。並んでは歩こうとせず、斜め後ろをついて来るのが慎ましい。

いつまでも人込みを歩かせるのはどうかと思い、葭掛《こもが》けの茶店に入る。縁台に並んで腰かけると女中に心太《ところてん》を頼み、文代にも渡す。冷んやりとしたすっぱさが口中に広がり夏を感じることができた。梨本に振る舞われた上方風の心太よりも江戸風の味が千代ノ介には好ましい。

「近頃は星屋の評判がいいんですってね」

文代が言った。

「そうなのか」

すっとぼけた。

「なんでも花火の番付表の上位を占めるのは星屋の花火なんですって」

その番付表作成に自分も関わっているとは言えない。言ったら、文代はさぞかし驚くだろう。千代ノ介に対する見方も変わるのではないか。

「星屋の花火はそんなにも評判なのか」

「わたしにはよくわかりませんけど、番付表によると、素晴らしいのでしょうね」

「文代殿は番付表についてどう思う」

「野次馬の遊びだと思います」

「下衆《げす》だということか」

「下衆です。ですけど、つい、見てしまいますよね。番付表とか読売《よみうり》っていい加減なことが書いてあるのだと思いますけど」

「文代殿は読売も見たりするのか」

「たまにですけど」

文代は恥ずかしそうに懐中から一枚の読売を取り出した。

エゲレスの船が近々にも江戸に押し寄せてくると書き記されていた。沢山の帆をはためかせ、大砲を放つ巨大な船の絵が描いてある。

「本当に攻めてくるのでしょうか」

文代は大真面目に聞いてくる。

「まさか、そんなことはあるまい」

言下に否定したが、

「ですが、エゲレスやオロシャの船が日本の近海を侵していると専《もっぱ》らの評判ですよ。天下泰平も長くは続かないって」

「いつまで続くかどうかわからないが、そんなことを言えば、富士のお山が爆発するかもしれないし、大地震が起きるかもしれない」

「読売独特のいい加減な話なのでしょうか」

「一つのことを十にも二十にも書きたてるのが読売というものです」

いなしたところで花火が打ち上がった。

「行こうか」

千代ノ介は縁台から腰を上げ、文代を伴って大川端を歩いた。両国橋は相変わらずの賑わいだ。わざわざ、橋に行かずとも川端から見上げていればいい。

夜空を彩る花火に文代も歓声を上げる。

「まだまだ、こんなものではない」

千代ノ介は今や遅しとお勢が打ち上げる、「満天ひらひら星」を待った。文代が、

「もっと美しい花火が見られるのですか」

と、にこやかな顔を向けてくる。

「満天に星がひらひらと瞬くような美しき花火が打ち上がるのですぞ」

「まあ、素敵」

文代の顔が期待で輝く。

「必見です」

千代ノ介はまるで自分のことのように自慢した。

ところが、待てど暮らせど、「満天ひらひら星」は打ち上がらない。おかしい。何かあったのか。お勢は病にでも罹《かか》ったのであろうか。文代も今か今かと待って

いたが、とうとう打ち上がることなく花火は終わった。

「おかしいな」

独り言のように呟いた。

「打ち上がりませんでしたね」

「どうしたのかな、お勢」

思わず呟いたところで、

「お勢とは」

たちまち文代が反応した。

——しまった——

文代の悋気《りんき》に火をつけてしまった。

「いや、なんでもない」

「なんでもなくはないのではございませんか」

「まこと、何でもないのです。花火師ですよ。そのお勢が打ち上げるのが、満天ひらひら星という花火なのです」

千代ノ介が急ぎ足で帰ろうとしたのを文代は立ち止まり、

「もしかして千代ノ介さま、お勢とか申す女花火師の打ち上げる花火見たさにわたくしをお誘いになったのですか」

文代の目に、花火ならぬ火花が散った。

「そういうわけではない」

「そうに決まっていますわ」

文代はぷいと横を向いた。

「花火など見たって、仕方がないだろう」

「いいえ、好きな人に所縁《ゆえん》する物でしたら、何でもいとおしいものです」

文代の言うとおりだ。まさしく家斉がそうである。

「そんなことはない」

強く否定した。

「信じられませぬ」

文代は頬を膨らませ、そそくさと歩いて行く。お勢のことが気にかかり、様子を見に行くことなど到底できない。今頃、家斉はどうしているだろう。さぞや、がっかりしているのではないか。

いや、今は家斉の心配をしている場合ではない。

「待ってくれ」

千代ノ介は文代を追いかけた。

「知りません」

文代は脇目《わきめ》も振らずに歩いて行く。

女というものは大変だ。この先、夫婦としてやっていけるのだろうか。一人の妻を持つことも大変なのに、家斉は正室の他に数十人の側室を持っている。煩わしくはないのだろうか。そもそも正室、側室の気持ちなど斟酌《しんしゃく》しないのか。

「明日も文代殿の朝餉が食したいな」

千代ノ介は言った。

文代の足が止まった。

「まことでございますか」

文代に笑顔が戻った。

安堵《あんど》した。

「もちろんだ。それが楽しみで夜、床につくのだからな」

我ながらよく言えたものだと感心してしまう。しかし、これも方便《ほうべん》というものだ。

「では、心を込めて作ります」

文代は微笑んだ。

文代の顔が花火に輝いた。ふとお勢の面影を重ねてしまった。千代ノ介は心の中で文代にわびた。

二

明くる十三日、登城すると案の定、家斉はお勢の花火が見られなかったため心労ひとかたならぬという。当然ながら、千代ノ介はお勢の身に何があったのか調べに行くことになった。

というわけで、日本橋横山町の鍵屋に来ている。

裏庭で働くお勢は心なしか元気がない。いつもの溌剌《はつらつ》さは陰を潜《ひそ》め、動作もぎこちがない。声をかけようにもかけられなかった。ふと、見知った顔があった。

家斉と共に大川の河原に駆け付けた時に、居合わせた年配の男だ。向こうも千代ノ介のことを覚えていた。

千代ノ介に近づいて来て、

「ちょっと、外で話しましょうか」

と、千代ノ介がやって来た理由がわかっているようだ。お勢に案ずるような視線を投げかけたことから、お勢を心配していることがわかる。男は仁吉《じんきち》だと名乗った。

「お侍さま」

「一柳と申す」

「一柳さまは、お勢ちゃんを贔屓《ひいき》にしてくださっているようですね」

「一人前の花火師になろうとしているけなげな姿に打たれてな」

「お勢ちゃん、本当に頑張っているんですよ」

仁吉は言いながら歩き出した。側にある稲荷《いなり》に入ると祠《ほこら》の前で柏手《かしわで》を打った。千代ノ介も参拝をする。

「この稲荷、毎朝、お勢ちゃんがお神酒《みき》を取り換えてましてね。お参りしているんですよ」

仁吉は言った。

「お参りの甲斐《かい》があって素晴らしい花火が出来たではないか」

千代ノ介は、「満天ひらひら星」を誉めあげた。仁吉もうれしそうな顔をして、

「ありゃ、お勢ちゃんの精進の賜物《たまもの》ですよ」

と、言ってから、

「昨晩も上がるものだと期待しておったのだが」

千代ノ介が言うと、仁吉はおやっとした顔をした。

「それが、とんだことで」

仁吉は舌打ちをした。いかにも悔《くや》しげである。

「どうしたのだ」

「火をつけても打ち上がらなかったんです。筒の中が湿っていましてね。水を入れられていたんですよ」

これではいくら点火したところで花火が打ち上がるはずもなかった。

「誰がそんなことを」

千代ノ介は激しい怒りに駆られた。

「おおよその見当はついてますがね」

仁吉は言った。

「花火師たちか」

「お勢ちゃんのことを面白くないと思っている輩《やから》なんですよ。満天ひらひら星が評判をとっちまったんでね。特に竜太《りゅうた》って野郎が性質《たち》が悪くってみんなをけしかけてお勢ちゃんをいじめているんですよ」

兄弟子や同僚の花火師たちだ。お勢を妬《ねた》んでの仕業《しわざ》とは情けない。満天ひらひら星以上に評判を集める花火を打ち上げるのが花火師の意地ではないか。そんな低俗な連中、無視すればいいのだ。

「それくらいのことでくじけるお勢じゃないだろう」

「お勢ちゃんもそんな奴らのことはいいんですがね、旦那衆に気遣ってしまって、すっかり落ち込んでいるんですよ」

お勢の花火に期待して金を払ってくれた船宿や料理屋へ申し訳がないと、気に病んでいるのだとか。

「あっしもお勢ちゃんに元気になってもらいたいと必死なんですがね」

仁吉は言った。

「お勢にやけに肩入れするのだな」

千代ノ介が問いかけると、

「正吉さんに、くれぐれもって頼まれましたんでね。もちろん、正吉さんへの義理立てだけじゃござんせん。一人の花火師として、お勢ちゃんには見所《みどころ》があるって思っているからでさあ」

「正吉とはお勢の父親か」

「はい」

仁吉は正吉とは顔みしりだったそうだ。正吉が水戸家を辞める際、鍵屋に誘ったのだとか。

「ところが、正吉さんは星屋の旦那五兵衛さんに義理があるからと、あちらへ行きなさったんですよ。あの人は、義理に縛られるところがあって、ま、それが正吉さんのいい所でもあったんですがね」

仁吉は正吉を懐かしむように目をしばたたいた。次いで、

「で、正吉さんが亡くなる五日ばかり前でしたかね。お勢ちゃんがどうしても花火師になるって聞かないから、鍵屋で面倒見てくれないかって、あっしに頼んできたんです」

「死ぬ五日前か」

千代ノ介は何気なく呟いた。

「虫の知らせがあったのかもしれませんね」

仁吉は言った。

「正吉は下戸《げこ》だったんだな」

「そうなんですよ。あっしらと話をしても、もっぱら甘い物ばっかりで。話をす

る時はとっても穏やかで言葉一つ荒らげることのねえ、仏さまみたいなお人でしたね」

「それが、死んだ晩は飲んだということはよっぽどうれしかったからなのか、祝い酒への義理立てなのだろうか」

「桔梗屋さんっていやあ、深川でも一、二を争う料理屋ですからね、そこで、星屋の旦那だけでなく、水戸さまの火薬役頭百川刑部さまと同席ってことになったら、少しは飲まないことには、お二方《ふたかた》の顔をつぶすことになりますからね」

「百川刑部が同席したのか」

意外であった。

もっとも考えてみれば、百川は水戸家に奉公していた頃、正吉の上役である。同席したとしても不思議はない。百川は評判の花火を打ち上げたかつての配下を労《ねぎら》おうと思ったのだろう。正吉もそれに応えるべく飲めない酒を飲んだのか。

「それが仇《あだ》になったというわけか。それにしても、どうして星屋の打ち上げ場に戻ったのだろうな」

「さあ、わかりませんが、正吉さんはそれはもう仕事熱心でしたからね、気になって仕事場に行ったのかもしれません。それとも、酔っていて身体が向いてしまったのかもしれませんね」

仁吉は答えながらも、それで納得していないようだ。もしかして、正吉の死に不審なものを感じているのかもしれない。

正吉の死が酔った上での溺死ではないとすれば殺しということになるのだが、下手人は酒を飲ませた五兵衛と百川なのだろうか。いや、それは考えにくい。結論を出すのは早計だが、正吉は星屋にとってはそれこそ稼ぎ頭、なくてはならない存在であったはずだ。百川にしても、高級料理屋で祝ったということは、正吉が水戸家を去ったことに不満を抱いていなかったと思わせる。星屋の主人五兵衛にしたところが、水戸家の百川の下で花火師をやっていたのだ。

百川は自分の家来が鍵屋、玉屋を凌駕《りょうが》する星屋を造ったことを自慢しているではないか。そして、星屋にとって大事な正吉を殺す理由がない。

とすると、やはり事故なのだろうか。そう考えるのが当然だ。しかし、仁吉もお勢も正吉の死に釈然としていないのは、正吉が下戸だったからという理由だけなのだろうか。

「正吉の死に不審なものを感じているようだな」

「いや、不審とまではいきませんが、得心《とくしん》がいかないのは間違いないです」

「それはいかなるわけだ」

「正吉さん、なんだか、自分の死が近いことを感じていたようなんですよ」

正吉は憂鬱そうなそぶりを示していたのだとか。

しかし、いずれにしても根拠にはならない。

「すみません、つまんねえ話をお聞かせして」

仁吉は頭を下げた。

「つまらなくはない。それよりも、お勢のことを見守ってくれ」

「わかってますよ。あっしが、お勢ちゃんに嫌がらせする奴らに目を光らせていますから」

仁吉はぺこりと頭を下げて稲荷を出て行った。

お勢を案じずにはいられない。

すると、境内《けいだい》にざわざわとした足音が近づいてきた。

人相の悪い連中で、中には見かけた男がいる。鍵屋の花火師たちだ。

「おまえ、鍵屋で見かけたな」

千代ノ介が言うと、

「お侍、あんまり余計なことに口を挟まないほうがいいですぜ」

花火師が言った。こいつが仁吉が言っていた竜太だろう。

「竜太だな」

「よくご存じで」

竜太はにんまりとした。従えている数人の男たちも鍵屋の半纏を着ている。

「余計なこととは何だ」

千代ノ介は言った。

「決まっていらあな。お勢の親父のことだ」

こいつは正吉のことを気にかけているようだ。てっきり、お勢への嫌がらせをやめさせようとする千代ノ介の行為への威嚇《いかく》だと思ったが、正吉の死を探っているると勘ぐっているようだ。それだけで、正吉の死に黒いものを感じてしまう。

「正吉が溺れ死んだのが怪しいという噂があるのは本当なのだな」

「恍《とぼ》けやがって、そんな噂なんかねえさ。あるとしたら、お侍、あんたが立てて、あんたが流してるんだろうぜ」

竜太は言った。

「やはり、怪しいな」

千代ノ介は確信した。

正吉は殺されたのだ。

三

竜太が、

「熊五郎《くまごろう》、やっちまえ」

傍《かたわ》らに立つ手下に命じた。

千代ノ介は噴き出してしまった。

熊五郎が、名前とは真逆に短軀《たんく》で華奢《きゃしゃ》な男であったからだ。

熊五郎は千代ノ介に笑われ、

「野郎、舐めやがって」

顔を真っ赤にしていきり立った。他の手下たちも悪態を吐《つ》き、竜太は指をぽきぽきと鳴らした。

千代ノ介の胸が躍《おど》った。

熱い血潮が全身を駆け巡り、言いようのない開放感を抱くと雪駄《せった》を脱いだ。素足で地べたを踏みしめる。

陽光に焦がされた地べたが熱い。それが、千代ノ介の闘争心に更なる火を点ける。

　熊五郎が突っかかって来た。

　千代ノ介は腰を落とし、右の拳を熊五郎の腹に叩き込んだ。熊五郎は蹲《うずくま》りうめいた。

　次いで、手下たちに殴りかかる。手当たり次第に、拳や肘《ひじ》を見舞う。何人もが鼻や口から血を流し、地べたをのたくった。

　ついには竜太の襟首を摑み、

「食らえ！」

　千代ノ介は思い切り頭《ず》突《つ》きを叩き込んだ。ごつんという鈍い音と衝撃に千代ノ介も襲われたがひるむことなく、もう一度お見舞いしてやろうと背を反らした。

「勘弁してくだせえ」

　竜太は額を手で押さえながら訴えかけた。

「おい、どうなんだ。正吉は殺されたのか」

　千代ノ介は竜太の胸倉《むなぐら》を揺さぶった。竜太はそれには答えず、

「お侍、あんた強いな」

　と、肩で息をしながら言った。

「そんなことはどうだっていい。正吉は殺されたのか」

竜太は顔を背け、

「そんな噂もあるってことですよ」

「そうか。ならば聞くが、正吉は誰にどうして殺されたのだ」

「誰が殺したのかは知らねえが、殺されたのは、知っちゃあならねえことを知っちまったってことのようですぜ」

竜太はそれ以上は知らないと言い張った。最早尋ねても引き出せる成果はなさそうだ。

「まあ、いいだろう。但《ただ》しこれだけは言っておく。おまえたち、お勢の邪魔立てをしたら承知しないぞ」

「もう、邪魔立てはしませんや」

竜太は早口に答えた。千代ノ介は睨み付けた。竜太は、「信じてくだせえよ」と弱々しく繰り返す。

「今夜、お勢の花火、満天ひらひら星が打ち上がらなかったら瘤《こぶ》一つではすまぬからな」

千代ノ介は竜太の額に出来た瘤を指で弾いた。竜太は悲鳴を上げ、深々とうなずいた。

その日、家斉が待ちに待った楼閣の普請が成った。これから大砲を引き上げ、弾薬や詰める人員を待つだけである。ところが、ここで揉め事が起きた。

中奥の御堂で、家斉は楼閣の普請が成ったということで上機嫌に過ごしていた。格天井を覆う幕を取り払わせている。妖怪の絵が剝き出しとなり、家斉から家基の亡霊が去ったことを物語っていた。

「十郎左、千代ノ介、今夜から楼閣で花火を見ようぞ」

家斉は気持ちを逸《はや》らせている。

「水戸中将さまからは、大砲と弾薬の備え付けが三日の内にできるとのこと、お引き渡しはその後にして欲しいとの申し出がございます」

梨本は言上した。

「大砲や弾薬などいるものか」

家斉は苦い顔をした。

「いえ、そういうわけにはまいりませぬ」

梨本は首を横に振った。

「大砲などいらん。花火を見るに邪魔ではないか」

家斉からすれば当然の理屈ではあるが、それでは楼閣建設の名目が立たない。

「水戸中将さまは、蔵屋敷で上さまに大砲をご覧に入れ、楼閣に備えようと大いに意気込んでおられます。大砲と弾薬を備えることによって完成するのだとおおせでござります」

「水戸中将め、身勝手なことを申しおって」

家斉は斉昭を非難したが、身勝手なのは家斉のほうだと千代ノ介は思った。梨本も同じ思いなのだろうが、無表情を取り繕っている。

「ともかく、大砲はいらぬ」

家斉は繰り返した。

それでは水戸家は納得しない。一体、何のために楼閣建設を行ったのだと斉昭は立腹するのではないか。

「考えてもみよ、大砲などという物騒な物を城の中心である天守に備えてよいものか」

家斉は楼閣建設の大儀を忘れてしまったようだ。

さすがに見過ごしにはできないと思ったのか、梨本は膝を進めた。

「お言葉ですが、江戸湾に侵入する異国船を見張り、大砲で沈めることは上さまも御了承されましてございます」

「余は楼閣の普請を申しつけたのじゃ。大砲を備えよとも異国の船を沈めよとも命じておらぬ」

家斉は悪びれずに言う。

「それでは水戸中将さまは納得されぬと存じますが」

「承知させよ」

「水戸中将さまを論破できるようなお方となりますと……」

「越前がおるではないか」

水野忠邦ならば、水戸斉昭へも直言することができる。

「ですが、水野さまは海防のため大砲の備え付けには賛成しておられます。お二方が論じ合うと藪蛇《やぶへび》になる恐れがございます」

梨本は危惧の念を示した。

「藪蛇とはどういうことじゃ」

「大砲の備え付けには及ばずと水戸家に伝えよ、と水野さまにご命じになられたとしましたら、水野さまはいかが申されることでござりましょう」

すると家斉がぐっと言葉を詰まらせた。梨本が続ける。

「水野さまのことです。それはなりませぬと上さまに縷々《るる》意見を申し述べられるかもしれませぬ。ひょっとして水戸中将さまと一緒になって」

家斉の目が大きく見開かれた。

「それはまずいな。あの二人が余に海防を捲し立てたら」

家斉の脳裏に、斉昭と忠邦がとうとうと海防を論じる姿が浮かんだようだ。家斉は唇を噛んでから、

「千代ノ介に任せる」

やおら、視線を千代ノ介に向けてきた。

――ええ、そんな――

いかにも無茶ぶりだ。水戸中将斉昭を納得させることなど到底できるわけがない。楼閣を建てさせられた挙句に、自慢の大砲を備える必要はないなどということを、斉昭が受け入れるとは思えない。

「一柳、上さま直々のご命令であるぞ」

梨本は自分に降りかかりそうになった災いが千代ノ介に転じた幸いを思っているのか、気軽に命じてきた。

「ですが、どのような名目で水戸中将さまに大砲は必要ないと申せばよろしいのでしょうか」

千代ノ介が当惑を示すと、

「それを考えるのがそなたの役目ぞ」

梨本はもっともらしいことを言った。

「よきにはからえ」

家斉も例によって丸投げである。

困ったものだ。家斉の命令を聞かないわけにはいかない。いかにするか。家斉はさすがに気が差したのか、

「水戸家は楼閣普請に少なからぬ費《つい》えを要したであろう。よって、褒美を取らせる。楼閣普請の費用に倍する金子《きんす》を与えよう」

と、言い出した。

梨本も反対はしなかった。

金子を下賜《かし》されれば、多少は斉昭の気持ちを緩めることだろう。目下のところ老中首座、水野出羽守忠成による貨幣改鋳が功を奏し、幕府の台所事情はいい。三百万両以上の金子の蓄《たくわ》えがあるという。将軍家斉は、貨幣改鋳という打ち出の

小槌《こづち》を手に入れたようなものだ。

この打ち出の小槌によって贅沢華美な暮らしができるし、台所事情の思わしくない大名へ貸し付けをすることで、睨みを利かせることもできるのだ。そのことを家斉は思ったようで、

「なんなら、水戸家には今回の褒美とは別に金子を貸し付けてもよいぞ」

と、言い添えた。

家斉が命ずれば、水野出羽守忠成は、「では、では」と喜んで改鋳した小判を水戸家に貸し付けるだろう。

家斉は実にさばさばとした様子となり、最早水戸家に対する憂《うれ》いはないようだ。

「して千代ノ介、今宵こそは満天ひらひら星を見ることはできような」

家斉の関心は花火に向けられた。

竜太たちにはお勢への嫌がらせをやめるよう釘を刺してきた。少なくとも今夜は嫌がらせをすることはあるまい。満天ひらひら星は夜空を彩ることだろう。

「間違いございませぬ」

千代ノ介は自信満々に答えた。

「うむ、楽しみぞ。ならば、今宵は千代ノ介も楼閣の六重で見物すること許す」

家斉は言った。

「ありがたき幸せに存じます」

これほど自分の心を偽ったことはない。加えて、水戸家へ大砲は必要ないと伝える重荷を想うと、言葉に力が入らない。

「これで、上さまのお望みが叶えられるのでござりますな」

梨本もすっかり安堵していた。

まったくお気楽な主従である。

もっとも、本気で大砲を備えなければならない世を思えば、泰平を謳歌《おうか》できることはよいことだ。お気楽な将軍家斉はまさしく天下泰平の象徴なのかもしれない。

千代ノ介は何事も前向きに考えようと思った。

四

花火が打ち上がるまで、天守台に完成した楼閣を見物することにした。天守台の側で格之進と行き会った。格之進は例によって大仰《おおぎょう》な顔で、

「いよいよだな」

と、近づいてきた。

千代ノ介は従兄を欺く後ろめたさを抱きながら楼閣を見上げた。六重に組まれた楼閣には装飾の類《たぐい》はない。大砲と弾薬を乗せることを想定した堅固な造りで、まさしく戦国の城に構えられていた物見櫓《ものみやぐら》のようだ。瓦は一切使われておらず、屋根は板葺きである。堅固な天守台に造られたため、とにかく目立つ。また、周囲の豪壮な建物群に比べて質素というよりはみすぼらしくもあった。この質素、みすぼらしさがかえって無骨さを際立たせ、夷狄許すまじの気概を漂わせてもいた。

六重に大砲を備えたなら、まさしく無敵の要塞のように思える。

「おれはな、水戸さまのあの大砲を目の当たりにし、上さまの御決意を知り、身も心も震えておるのだ」

千代ノ介は益々、後ろめたくなった。これで大砲など備えられないのだとしたら、格之進はどんな顔をするだろう。

「格さんは、すぐにもエゲレスやオロシャの船が江戸湾を侵すとお考えのようですね」

水を差しておいたほうがいいと思い言った。格之進はその言葉が意外であったようで、

「すぐかどうかはわからぬが、江戸湾を侵されるかもしれぬとは、上さまも御公儀のお偉方《えらがた》もお考えなのだろう」

「それはそうですが」

曖昧に言葉を濁したところで、

「有事というものは、いつ出来《しゅったい》するかわからぬものだ。地震や噴火、天災は不意打ちだ。それに備えるのが御公儀というものだ。冷害に備えて米を備蓄するが如く、いつ来襲するやもしれぬエゲレス、オロシャに備えるのも同じことだ」

格之進らしいあくまで前向きな考えには頭が下がる。

「もともと、水戸さまはそうした気構えであられたからこそ、あのように立派な大砲を用意できたのだ」

「お主、しっかりせねばならぬぞ」

格之進は気合いを入れるかのように千代ノ介の腹を拳で打った。

「ところで、格さんの目から見ても、水戸さまの大砲は見事なものでございましたか」

話題をそらすために問いかけた。

「見事だな。ただ、暗がりであったゆえな、果たして水戸さまが申されるようにまこと二里飛んだかどうかは、この目で確かめてはおらぬがな。まあ、水戸さまと火薬役頭の百川殿を疑うものではないがな」

格之進は感心ばかりしていると、自分が安く見られると思ったので、何か厳しい見方を一つでも示そうとしたのかもしれない。

「なるほど、さすがは格さん、落ち着いた物の見方をしておられる」

「おだてるな。これしきのこと、そなたも常日頃より流言、妄言《もうげん》の類《たぐい》に惑わされてはならぬぞ」

大真面目に言う格之進がおかしくてならない。妄言、流言に惑わされる以前に妄想してしまうのが格之進だ。

「承知しました」

力強く答えてから、そうだ、これは使えると思った。大砲の性能だ。家斉は蔵屋敷で見聞した大砲に満足しなかった。もっと強力で精度のいい大砲を備えることを願っている。

これで押し切ろう。

それなら水戸斉昭とて受け入れざるを得ないだろう。新たな大砲を用意するとなると、一月《ひとつき》や二月《ふたつき》ではできまい。少なくとも夏を過ごすことはできる。ということは、夏の間、花火が打ち上がる間は楼閣に大砲はないのだ。花火の時節が終われば、家斉が楼閣に登ることもあるまい。

ふと、秋を迎えたら家斉はお勢への想いをどうするのかと気がかりになった。花火が見られなくなった時、家斉のお勢への想いに変化が生じるのだろうか。ひょっとして、その時こそ側室に迎えたいなどと言い出すのではないか。

「問題は秋か」

危惧の念が呟きとなって口から洩れた。それを耳聡《みみざと》く格之進は聞き取り、

「秋なのだな。決戦の時は」

格之進は眦《まなじり》を決した。

「いや、そういうわけでは」

打ち消そうとしたが格之進の耳には入らない。将軍家斉の側近く仕える千代ノ介が漏らした言葉を重く受け止めてしまった。

「心配するな。絶対に漏らしたりはせぬ」

格之進はぽんぽんと千代ノ介の肩を叩いた。

暮れ六つとなり、天守台の周囲には篝火《かがりび》が焚かれた。警護の侍たちが配置され、物々しい空気が流れる中、家斉は千代ノ介と梨本を従えて楼閣の階《きざはし》を上がった。楼閣の中は掛け行灯《あんどん》に火が灯《とも》されている。外見は質素そのものだが、造りは堅固だ。樫《かし》の木で作られた階段はぴかぴかに磨き立てられ、みしりとも足音を立てない。

三門の大砲が一斉に火を噴いてもびくともしないだろう。

家斉は気持ちが逸っているのだろう。急いで階段を登ろうとするのだが、加齢と鍛錬不足が祟《たた》って三重に至った頃には息も絶え絶えとなり、大きくよろめいてしまった。梨本が、

「一柳」

と、命ずる。

千代ノ介は三重の板敷でうずくまった。家斉はふらつきながら千代ノ介におぶさってきた。

「いざ」

千代ノ介は家斉をおぶい、階段を登った。一段、一段踏みしめながら登る千代

ノ介の耳元で、

「ひらひらさま、満天ひらひら星……」

うなされるように家斉は呟き続けた。

六重に登ったところで家斉は元気を取り戻した。

「大川はどっちじゃ」

家斉は六重の真ん中に立ち、忙しげに周囲を見回した。梨本が、

「あちらでござります」

と、指さした方角に向き、板敷を突っ切ると手すりにもたれかかり、半身を乗り出した。

「危のうござります」

梨本の言葉も家斉の耳には届かない。

眼下には、江戸城の壮麗な建物群が見下ろせる。御門や御堀、周囲に甍《いらか》を並べる武家屋敷までがくっきりと陰影を刻んでいた。更に視線を遠くに転ずれば、市井の街並みが広がり、大川に浮かぶ屋根船の灯火が見える、はずなのだが見えない。

――おかしい――

と、思って視線を凝らすと遠くに美麗な山影がおぼろに刻まれている。そちらは西の方角ではないのかと梨本に言おうとしたところで、背後でかすかに花火の音が聞こえた。振り返ると、やはり橙色の筋が走り、玉が千切れるように舞い落ちてゆく。家斉も気づき、

「これ十郎左、反対ではないか」

梨本の謝罪を聞くこともなく板敷を横切り、反対側の手すりに取りついた。

次々と花火が打ち上がった。

家斉は扇を広げ、

「見事じゃぞ」

大層ご満悦となった。

やれやれである。

と、思ったのは花火が打ち上げられている間のことだった。

「満天ひらひら星、いかがしたのじゃ。お勢はいかがしたのじゃ」

家斉が騒いだように今夜も満天ひらひら星は打ち上がらなかった。それどころか、途中から鍵屋の花火が上がらなくなってしまった。

五

「いかがした」

家斉は口調鋭く追及してきた。

「それが……」

千代ノ介もわからない。

満天ひらひら星が打ち上がらなかったのは、性懲《しょうこ》りもなく竜太たちが妨害したためと推測できるのだが、鍵屋の花火も打ち上がらなくなった理由がわからない。それどころか、心配になってきた。

「確かめてまいります」

千代ノ介が声を張り上げると、家斉はへなへなと膝から崩れた。


その足で半刻（一時間）後、両国界隈までやって来た。夜道をそぞろ歩きしている男女に話を聞くと、鍵屋の花火が暴発したのだということがわかった。不幸中の幸いは火事にならなかったことで、鍵屋はともかく花火を打ち上げることを止めたのだそうだ。

お勢のことが心配でならない。

暴発したのは、まさかお勢の花火であろうか。勘ぐれば、またしても嫌がらせを受けたとも思える。ともかく、今夜のところはこれ以上のことはわかりそうもなかった。

眠れぬ晩を過ごしているのではないかと家斉の身を案じつつ、屋敷に戻り寝間に入った。千代ノ介とても悶々《もんもん》とし、眠りにつけるものではなかった。


翌十五日の朝は、南町奉行所に向かった。

表門の潜り戸を入ってすぐ右手にある同心詰所《つめしょ》に顔を出す。格子窓の隙間から北村の顔が見えた。渋い顔をしているのは、大川の殺しの探索が進捗《しんちょく》していないからだろうか。千代ノ介と目が合うと、北村は右手を上げて中に入れと目で告げた。

中は土間に縁台が無造作に並べられた殺風景な空間だ。定町廻りと臨時廻りの同心たちが町廻りで聞き込んできた噂話や評判、事件の情報などをやり取りしている。

冷たい麦湯を振る舞われ、千代ノ介は北村と向かい合って縁台に腰かけた。

「昨晩、鍵屋の花火が暴発したそうだが」

と、問いかけた。

北村はうなずくと、

「お勢という女花火師の花火ですよ。納涼船に乗った時、一柳さんが話してくれたでしょう」

嫌な予感が当たった。

「で、女花火師は無事だったのか」

「ええ、幸い誰もけが人は出なかったんですよ」

ほっとしたところで、

「どうして暴発など」

お勢がしくじったなどと信じたくはない。

「本人も戸惑っておりますけどね」

北村は、詳しい事情についてはこれから聞くと言った。

「それで、お勢は今、何処に？」

「両国東広小路の自身番の仮牢です」

「わたしも立ち合ってよいだろうか」

北村は一瞬思案するように目をそむけたが、すぐに、

「内緒ですよ」

と、声を潜めた。周りの同心たちは炎天下の町廻りは嫌だと嘆き合っている。中には湯屋の二階で休むかと堂々と言っている者もいた。

「では、行きますか」

北村は腰を上げた。

千代ノ介は北村と共に両国東広小路の自身番にやって来た。表が木の柵《さく》で囲まれ刺股《さすまた》、袖絡《そでがらみ》、突棒《つくぼう》といった捕物道具が立てかけられている。それを見ただけで、身がすくんでしまう者も珍しくはないだろう。

腰高障子《こしだかしょうじ》を開けると二人の町役人が北村に挨拶をした。一人が千代ノ介に怪《け》訝《げん》そうな目を向けてきた。

「ちょっと手伝ってもらうんだ」

北村の説明は曖昧なことこの上ないのだが、町役人たちは問いを重ねなかった。

北村に続き奥に入った。

天井から畳まで格子がはめ込まれた仮牢で、お勢が正座をしていた。鍵屋の半纏を着て晒《さらし》を巻いている。髪がほつれ、目元が黒ずんでいるのを見ると、昨晩はろくに寝ていないのだろう。

物憂い表情が何ともやるせなく、不謹慎ではあるが、息苦しい程の色香を漂わせ、千代ノ介の胸をかきむしった。

視線を上げると千代ノ介に気づいた。

「一柳さま」

お勢は格子にすがりついた。

北村が南京錠《なんきんじょう》を外し、外に出るよう促す。お勢はさすがに威勢よくとはいかず、うつむき加減に出てきた。

「これから、話を聞く」

北村は告げ、場所を土間に移した。

「お役目だ。辛抱しろよ」

北村は縄でお勢を後ろ手に縛ると、縄の先を柱に結《ゆ》わいた。北村は小上がりに正座をしてお勢を見下ろした。千代ノ介は北村の脇に腰を据えた。町役人たちは背後に文机《ふづくえ》を用意し、聞き調べの内容を書き記そうと正座した。

お勢はキッと北村を見上げる。

「昨晩の花火の暴発につき、詳しく聞きたい」

北村は問いかける。

お勢は努めて落ち着いた口調で話をした。

「あたしはただ、満天ひらひら星を打ち上げようと」

たちまち北村が、

「満天……、なんだと」

怪訝な顔で問い直したため、千代ノ介が横から説明を加えた。

「なるほど、そのように鮮やかな花火を打ち上げようとしたのに、何故、暴発などさせたのだ」

北村は問い直した。

「あたしは、特別なことはしていません。満天ひらひら星が打ち上がるように、円筒の中に硫黄と木炭と硝石を配合しただけです」

すかさず千代ノ介が、

「これまでに、お勢を妬《ねた》む花火師仲間が花火の円筒に水を入れる嫌がらせを行っておったのだ。今回もきっと、その連中がお勢の花火に細工をしたのに違いござらん」

千代ノ介は強い口調で断じた。

「その連中とは」

北村の問いかけにお勢は唇を噛んだ。嫌がらせを受けたとはいえ、兄弟子を庇《かば》ってのことだろうか。お勢の身の証《あかし》を立てなければならないと千代ノ介は竜太たちの名前を挙げた。北村はそれを聞きながら、

「そんなことがあったのなら、用心しなかったのか」

北村はお勢に問う。

「それが、兄さんたち辞めたんですよ」

お勢は答えた。

「辞めたのか」

思わず千代ノ介が問い直す。

竜太たちは突然、鍵屋を辞めたのだとか。お蔭で、花火の打ち上げの現場は竜太たちが抜けた分、ばたばたとしていた。そのため、いくつもの花火の準備と点火に大わらわであったそうだ。

その隙《すき》に細工をされた可能性は大いにあり得る。だが、具体的な証はない。そ

のことには北村も考えが及んだと見え、

「具体的な下手人と証が欲しいところだな」

と、呟いた。

お勢も悔しげに唇を噛んでいる。

「お勢、竜太たちは辞めてどうしたのだ」

千代ノ介が問いかける。

「星屋さんで雇われているそうですよ。星屋さんは、鍵屋の倍の給金がもらえるってことです」

お勢は言った。

「汚いな」

千代ノ介はむかむかと腹が立ってきた。ひょっとして背後に星屋が絡んでいるのだろうか。お勢だけへの嫌がらせにしては大掛かり過ぎるような気がする。しかし、想像にしか過ぎない。

北村が、

「わかった。お勢の言い分は聞いた。これから探索してみる。それまではここに留め置かれるが、辛抱せよ」

続いて千代ノ介が、

「必ず、そなたの身の証は立てる」

力強く請け負った。

「よろしくお願いします。でも、あたしだけじゃないんだ。鍵屋だって花火を上げられないいんじゃ申し訳ない。みんなに迷惑かけちまって」

お勢は肩を落とした。

「ならば、これでな」

北村は縄を解き、仮牢へとお勢を連れて行く。連れて行かれるお勢の耳元で、

「ひらひらさまも、お勢の無実を信じているぞ」

「ひらひらさま」

お勢の顔が明るくなった。

まさしく、家斉がお勢の窮状を知ったならどうするのだろう。

即座に解き放てと町奉行に命ずるだろうか。そんなことになれば、町奉行も北村もお勢自身も驚愕するに違いない。こうしたことはすぐに市井に伝わる。読売が面白おかしく書き立てるに違いない。

それを見越して、

「上さま、断じてなりませぬ」

梨本が目をむいていさめる様が思い浮かんでくる。

それは避けねばならない。

やはり、お勢の花火に細工をした連中を突き止め捕縛《ほばく》せねばならない。それと、水戸家に大砲の備えつけを日延《ひの》べしてもらう必要もある。どちらも大事だ。

北村には殺しの探索もあるのだ。

六

北村がお勢を仮牢に入れて戻って来たところで、

「大川に浮かんだ殺し、身元は割れたのか」

千代ノ介が尋ねた。

北村はおやっとして、

「どうしました、一柳さん。すっかり探索づいてしまって」

「冷やかしのようで申し訳ないが、偶々《たまたま》、御家人仲間の噂話を耳にしたのだ。先日、上さまが水戸さまの蔵屋敷をご訪問なさってな」

「それはわしも耳にしてます」

北村は好奇心を募らせた。

「その際、水戸さまお抱えの花火師が二人、突如として行方知れずとなったというのだ」

「二人が行方知れず……」

北村の八丁堀同心としての勘が疼《うず》いたようだ。

「今以《も》って行方知れずなのですかね」

「それを探りに行こうと思う。幸い、水戸家の蔵屋敷に行く予定でな」

千代ノ介は芝居がかったように大袈裟な仕草で答えた。

「探る……。やっぱり探索づいているじゃないですか」

北村は苦笑を漏らしてから、どうして千代ノ介が水戸家を訪ねるのだと疑問を呈した。

「なに、ちょっとした使いでござる」

きわめて曖昧な答えゆえ、北村が納得するはずはない。しかし、町奉行所の同心が水戸家の屋敷に聞き込みをすることの手間と難しさを思ったのだろう。

「なら、頼みます」

「任せてくれ。今日の夕刻、高麗屋の二階で落ち合おう」

「吉報を待っています。その代わり、わしはお勢の花火に細工をした連中を洗い出します」

北村は気安く請け負ってくれた。

四半刻後、水戸家の蔵屋敷を訪れた。

さすがに水戸斉昭は不在だが、百川刑部は近日中にも搬入する大砲の整備の指揮を執っていた。火薬役の役人たちを叱咤し、いつでも放てるように万全の備えをしている。

千代ノ介に気づき、

「確か一柳殿でしたな」

千代ノ介は軽く会釈《えしゃく》をした。

「本日は大砲のご検分ですかな」

百川はいかにも自信満々に胸を反らした。

「いいえ、そういうわけではござらん」

千代ノ介に否定されると、百川は眉根《まゆね》を寄せた。

「検分は過日、上さまが御自《おんみずか》らなされました」

「いかにも」

「本日、参りましたのは、それを踏まえて百川殿に注文を持ってまいったのでござる」

千代ノ介はこほんと咳をした。

「何なりと申されよ」

百川はどんな注文も受けて立つ構えである。

「上さまにおかれましては、百川殿が開発せられし大砲にいたく感心なされました」

「勿体《もったい》ないことにございます」

百川は深々と頭を下げた。

「その上でござるが、上さまは今少し遠くへ飛ばせぬものかとおおせでございます」

千代ノ介は言った。

「今少しと申されますと、どれくらいでござろう」

「さよう、御城から神奈川宿《かながわしゅく》まででござるな」

「なんと」

百川は絶句した。

無理もない。神奈川宿は日本橋からおおよそ七里の距離だ。二里の飛距離を三倍以上伸ばすことになる。

「それはいささか」

「無理でござるか」

百川の顔が苦渋に歪む。

「無理でござろうな」

「上さまの御命令でも、三倍以上にするのはできませぬ」

口から出まかせに言ったこととはいえ、いかにも無茶だった。下手をすると水戸斉昭が抗議に乗り込んでくるかもしれない。

ならばもう少し、現実的な問題提起をしたほうがいい。夏の間、百川の創意工夫に当てられるような距離にすべきだ。

「ならば、もう、半里延びぬでしょうか」

千代ノ介は妥協案を出した。

「半里……。二里半ということですな」

百川は思案するように腕を組んだ。

「いかがでござるか」

「できぬことはないと存じますが、それでは、日数がかかります。楼閣は既に出来上がっておる以上、大砲を搬入せぬことには、仏《ほとけ》作って魂《たましい》入れずということになりましょう」

「まさしくこたびの楼閣におきまして、大砲こそが魂でござります。よって、上さまのお望みになる魂を入れるのは、欠くべからずこととお思いになりませぬか」

千代ノ介は声音を太くすることで、もっともらしさを際立たせた。

「いや、まさしく」

百川はたじろいだ。

「ならば、まこと夷狄の船を沈めるための楼閣にすることが一も二もなく肝要ではござらぬか。おそらくは、水戸中将さまにおかれましてもご賛同くださるに違いないと存じます」

「いかにも」

百川も納得してくれた。

「ならば、よしなにお願い申し上げます」

「この暑い中、わざわざお越しくださり、まことにかたじけない」

百川は腰を折った。

「それから、ちと気になることがあったのですがな」

千代ノ介はさりげなく切り出した。

「いかがされましたか」

「花火でござる」

すると百川が言葉を詰まらせた。

「確か花火は大砲を放つ間に打ち上げるということでござったが、途中から打ち上がらなくなったのはいかなるわけでござるか」

千代ノ介は首を捻った。

「それは」

「何か不具合でも生じたのでござるか」

「いえ、その、不具合というか、その」

百川は口ごもった。

「お答え辛そうですな」

「そういうわけではござらんが、上さまは花火のことも気にかけておられるのでございますか」

百川はおそるおそる聞いてきた。

「上さまは、そのような些末《さまつ》なことを気にかけるようなお方ではございませぬ。あくまで、拙者が気になりましたので、お尋ねした次第。何かお答え辛きことでもございますか」

千代ノ介は腹を割ってくれとでもいうように、にこっとした。

百川は千代ノ介の不審を買いたくなかったのであろう。

「実は、花火職人が二人辞めてしまったのでござる」

「では、あの晩、花火を打ち上げた花火職人というのは」

「見習いと申しますか、いささか不慣れな者を使いました。申し訳なく存じまする」

百川は頭を下げた。

「上さまのお成りは急なことでございましたゆえ、致し方ないことでございましたな。ですが、二人は何故辞めたのでござるか」

「私用としか申しませんでしたので、まことのわけは存じません」

「いつのことですか」

「先月の末でござったか」

百川は視線を宙に彷徨《さまよ》わせた。

大川に亡骸が打ち上がったのは今月の初めである。百川も本音を漏らしてしまったのだろう。

「いや、余計なことを聞いてしまい申し訳ござらぬ。ならば、面倒とは存ずるが、飛距離を半里延ばす件、くれぐれもよしなにお願い申し上げる」

千代ノ介はきつく釘を刺すと、足早に立ち去った。


屋敷内を巡回する警護の侍に火薬役の建物は何処かと聞くと、裏手だという。

御殿の裏庭には畑が広がり、そこで働く何人かの百姓に花火師の控え場所を確かめた。畑の向こうに立つ板葺きの小屋にいるということだった。

畑を避けて足早に向かう。

「御免」

千代ノ介は引き戸を叩いた。花火師二人が出て来た。千代ノ介を見てきょとんとしている。

「ちと聞かせてくれ」

千代之介は人相書を取り出した。もちろん、顔は描かれていない。それでも、身の丈と身体つきとか、推定される年齢、身体的な特徴が細々と記してある。花火師の二人は一人の人相書にある、右手の甲の火傷《やけど》に注目した。しばらくの間、二人の間で言葉のやり取りがあった。それから、

「為三だ」

と、いう声が聞かれた。

案の定、行方不明の二人は水戸家の花火師為三と寅八であった。

「すまぬな」

千代ノ介は礼を述べた。

「この二人、どうしたのですか」

「殺された」

「なんですって」

「今月の初めに斬り殺されたのだ。殺された上に顔をつぶされておった。おそらく、素性を知られぬよう下手人が行ったのだろう」

「むげえことを」

花火師たちは目を瞠《みは》って凍り付いた。

「下手人に心当たりはないか」

二人は首を横に振った。心当たりはなさそうだ。それならば正吉のことを聞いてみよう。

「もう一つ聞かせて欲しい。正吉のことだ。正吉は大川に落ちて溺れ死んだということだが、ひょっとして殺されたということは考えられぬか」

「さあ……。正吉さんはそりゃもう穏やかで、恨みを買うようなお人じゃありませんでしたからね」

「ではどんな些細《ささい》なことでもいい。心当たりはないか」

千代ノ介は問いを重ねる。

二人は心当たりがないと繰り返すばかりだ。

「ならば、問いを変える。正吉はどうして水戸家を去ったのだ」

一人が思案するともう一人が、

「そういえば辞める前、百川さまから叱責を受けていましたね」

百川と正吉は花火を巡って対立していたそうだ。正吉は花火のこととなると、たとえ百川の指図でも聞き入れなかったという。

花火を巡る考え方の違いが、正吉をして水戸家を辞め、星屋に奉公した理由のようである。

第五章　ひらひら星上がれ

一

千代ノ介は芝飯倉神明宮近くにある高麗屋の二階に行く前に、星屋を訪れることにした。水戸家の花火師二人によると、お勢の父正吉と百川はしばしば対立していたそうだ。正吉と星屋の主人五兵衛、水戸家火薬役頭百川刑部とは、単に水戸家を通じた縁なのだ。

星屋は両国東広小路の横丁を入ったどんつきにあった。

裏庭を覗く。

半纏ではなく、絽《ろ》の夏羽織を重ねている男がいた。千代ノ介と目が合う。

「主人の五兵衛か」

千代ノ介は笑みを浮かべ、気さくな口調で声をかけた。男は愛想笑いを浮かべたものの目は笑っていない。

「さようでございますが」

と、目で用件を尋ねてきた。

「拙者、一柳と申す。星屋の花火が好きでな。つい訪ねて来たというわけだ。よかったら仕事場を見物させてはくれぬか。いや、実は水戸家火薬役頭百川刑部殿より、そなたのことを聞いてな」

百川の名前が出たところで、五兵衛の警戒の眼差《まなざ》しが緩んだ。

「それは失礼いたしました」

五兵衛はどうぞどうぞと千代ノ介を中に導き入れた。

「手前どもは、鍵屋さんや玉屋さんよりも後発でございますのでな、どうにかみなさまに贔屓《ひいき》にして頂くような花火を一つでも多く打ち上げようと花火師たちががんばってくれております」

五兵衛のにこやかな顔がいかにも偽善者じみて見えてしまう。

「星屋の花火、まこと評判がよいのう」

「ありがとうございます」

「やはり、練達の花火師ばかりなのだろうな」

「寄せ集めと申しては花火師たちに悪いですが、大名屋敷で花火を打ち上げていた腕のいい者たちを雇い入れております。鍵屋さん、玉屋さんの花火師と競うには大名花火で腕を磨いた手練《てだ》れでないと」

五兵衛自身も水戸家火薬役頭百川刑部の下で腕を上げたことを自慢げに付け加えた。

「三、四年前のことだったたな。それはきれいな花火が打ち上がった。星屋の花火ではなかったかな。確か天空牡丹といったか。あれをもう一度見たいものだな」

千代ノ介が思い出すように腕を組むと、

「天空牡丹ですが……」

五兵衛の顔が曇った。

「打ち上げてはくれぬか。あ、いや、料理屋か船宿を通じなければならんのかな」

「ええ、まあ」

五兵衛の言葉は曖昧になってくる。

「あれ、まてよ」

千代ノ介は首を傾げた。

「どうしました」

五兵衛が気になったのか首を伸ばしてきた。

「天空牡丹を打ち上げていた花火師、亡くなったと聞いたが」

千代ノ介は首を捻った。

五兵衛はしばらく黙っていたが、下手な誤魔化《ごまか》しはかえって千代ノ介の疑念を深めると思ったのか、

「腕のいい花火師でした」

と、しんみりとなった。

「そうだ。水戸さまのお抱え花火師であったそうだな」

「はい」

「ならば、水戸さまに雇われておった頃から見知った仲だったのだな」

「一番の腕だと見込んでおりました」

「五兵衛、そなたは水戸さまを辞めて、どうして花火屋を開いたのだ」

「花火が好きでしてね。大名花火というものは、狼煙《のろし》のようなものですからね。美しく夜空を彩る花火を上げたくなって花火屋を開いたんです」

五兵衛は空を見上げた。

「美しい花火を打ち上げたくなったのか。その気持ちはわかる」

「正吉、その……、天空牡丹を上げた花火師ですけどね、正吉もきれいな花火が上げたくなってうちに入ったんですよ」

五兵衛は言った。

「正吉、酔って川に落ちたのだな」

「仕事熱心な男でしてね、料理屋で飲んだ後も、打ち上げ場所に行って、次の花火はどんなものを上げようかなんて考えたんじゃないですかね」

「酒は好きだったのか」

「ええ、酒は好きでしたね」

五兵衛は平気で嘘を吐《つ》いた。

やはり、怪しい。正吉が殺されたのは疑うべくもないようだ。問題はどうして正吉が殺されなければならなかったのかということだ。五兵衛にとって、そして百川にとっても、正吉は不都合な存在になってしまったのか。

「では、準備がございますのでこれで。仕事場はご自由に御覧ください」

「花火師の邪魔はせぬように見物させてもらう」

千代ノ介は裏庭の仕事場を見回った。

鍵屋と同様に花火師たちが筒に硝石、硫黄、木炭を詰め、黙々と作業をしている。目が合った花火師たちに正吉や天空牡丹のことを聞いても、よく知らないとか自分が雇われた時には既に亡くなっていたと答えられるばかりだった。

取り立てて成果は得られなかった。

生垣に沿って土蔵が建ち並んでいる。花火の材料が納められているのか、一つの土蔵はやけに堅固だ。漆喰《しっくい》の白壁を鉄の薄板で覆っている。水戸家の蔵屋敷にある火薬庫のようだが、町場の花火に火薬が用いられることはない。硫黄や硝石、木炭を厳重に守っているのだろう。


その足で飯倉神明宮の高麗屋へとやって来た。

二階に上がると、既に北村が待っていた。助次郎と松右衛門の姿はない。北村はまだ酒も料理も手をつけずに千代ノ介のことを待っていてくれたようだ。

「水戸家へ行ってみたぞ」

千代ノ介は言った。

「どうでしたか」

「やはり、殺されたのは水戸家で雇われていた花火師の二人、為三と寅八であった」

「すると、下手人は……」

「早計に決めつけることはできぬが、わたしは水戸家が絡んでいると思う。為三と寅八は斬殺、つまり侍の仕業、はっきり申せば、水戸家火薬役頭百川刑部の仕業ではないかと。更に、星屋五兵衛は百川の下で花火師をやっていた。うがち過ぎかもしれぬが、五兵衛も何らかの関わりを持っているのではなかろうか」

千代ノ介は水戸家から星屋を訪ねた経緯を語った。

「一柳さん、そらずいぶんと強引な探索ですな」

北村は笑った。

「多少の強引さで探索せねば、進展しないと思ってな」

北村は御説ごもっともと頭を下げてから、

「お勢の花火に細工をした連中ですがね、一柳さんが言っていた竜太って野郎たちの仕業で間違いありませんね」

北村は竜太たちが鍵屋の打ち上げ場所をうろうろしていたのが目撃されていたことを語った。

「おのれ」

千代ノ介は怒りをたぎらせた。続いて、

「すぐにも、竜太たちを捕えに行こう」

千代ノ介は腰を浮かした。

「いや、証がありませんからな」

北村は難色を示した。

「捕まえてから、白状させればいいではないか」

「一柳さん、血気盛んですな」

北村は苦笑を漏らした。

「血気盛んとかそういう問題ではござらん。お勢を一刻も早く解き放ち、鍵屋の営業を再開できるようにしなければ。それが、町奉行所同心の役目なのではないか」

話している間に千代ノ介は激してしまった。顔から汗が吹き出し、格之進並みの暑苦しい面体《めんてい》になっていることだろう。

「まあ、まあ」

北村としてはきちんとした段取りを踏まねばならないのだろう。

それはわかる。わかるが、

「よし、わたしに任せろ」

千代ノ介は言った。

「一柳さん、どうなさるんですか」

北村が危ぶんだ。

「おれ一人で竜太たちを捕まえ、口を割らせる。南北さんには迷惑をかけないから心配には及ばぬぞ」

「そんなこと言われても」

北村は心配の度合いを深めた。

「心配ない」

千代ノ介が力んだところで幸四郎が酒と料理を持って上がって来た。大皿に盛られたのは握り寿司である。

「一つ柳の旦那、南北の旦那と喧嘩ですか」

幸四郎は目を白黒させた。

「喧嘩をしていたわけではない」

千代ノ介は声の調子を落とした。幸四郎はにこやかに、

「腹が減っているから気が立つんですよ」

握り寿司を勧めてきた。江戸前のネタで寿司を握ったそうだ。つくづく器用な男である。

「美味そうだ」

北村は小鰭《こはだ》の寿司を摘んで醬油皿《しょうゆざら》に浸した。次いで、がぶりと一口で食べた。

「いける」

北村の頬が緩んだ。

千代ノ介も鮪《まぐろ》に舌鼓《したつづみ》を打った。

「兄さんが来る前に食べてくださいよ。兄さん、寿司は大好物ですからね」

幸四郎は言った。

大体、助次郎はなんでも好物である。酒も飲めば大福も食らう。天麩羅にも鰻にも目がないし、

「あたしゃ、蕎麦《そば》党だ」

と、言いながらも目の前にうどんが出されれば、遠慮することなく平らげ、お替わりまでする。余命いくばくもないと言い訳しながら旺盛な食欲を示すのが助次郎だ。

「そういえば、助次郎どうしたのだ」

「もうすぐ来ると思うのですが、昼にやめとけって止めた寿司を食べたんですよ。それが当たって」

幸四郎はおかしそうに言った。

「食い意地が張った男だな」

千代ノ介は呆れた。

「ほんと、あれじゃあ百まで生きますよ」

幸四郎の言葉に、千代ノ介も北村もうなずいた。

二

その日の晩、千代ノ介は梨本からの呼び出しを受けた。梨本というよりは家斉の用件である。

番町の梨本の屋敷に向かう。既に真夜中だ。今夜も満天ひらひら星どころか、鍵屋の花火すら上がっていない。家斉はそのことを気にかけているだろう。梨本も放ってはおけず、千代ノ介を呼び、事情を確かめたいに違いない。

番町にある梨本十郎左衛門の屋敷に入ると、すぐに使者の間で対面した。

夜の帳《とばり》が下りているというのに、じめっとした暑さが残っている。梨本も暑さに加えて難題続きとあって汗ばんでいる。不機嫌な顔で扇子《せんす》をばたばたと扇《あお》ぎながら、

「して」

と、言葉短かに報告を求めてきた。

千代ノ介は、

「まず、大砲の一件でござりますが」

梨本は無反応である。

水戸藩邸での百川とのやり取りを話した。

「百川刑部殿はこの夏一杯をかけて砲弾の飛距離を延ばす工夫を行います。飛距離が延びぬ限り、大砲が楼閣に納められることはございませぬ」

「しかと、相違ないな」

梨本は承知したものの、顔は曇ったままだ。悩みの種は満天ひらひら星が打ち上がらないことだろう。

「上さま、お元気がないのですか」

梨本は千代ノ介の問いかけを無視して、

「町奉行、筒井和泉守《つついいずみのかみ》殿より聞いた。鍵屋が花火で事故を起こしたそうではないか。女花火師の花火が暴発したということであったが、お勢のことか」

「さようにござります」

隠すことはできない。

梨本は顔をしかめた。それから首を左右に振って、

「まずいのう」

「上さまのお耳にも入っておるのですか」

「今のところは、まだじゃ。ただ、今日もがっくりと肩を落とされてな、意気消沈のご様子であられた」

梨本は嘆かわしいと家斉への心配を深めた。

「御心配には及びませぬ。お勢の身の証を立てるべく、南町の同心が動いておりますす」

「お勢が暴発させたのではないのか」

梨本の顔に希望の光が差した。

「お勢と鍵屋を陥《おとし》いれようとしておる者の仕業でござります」

「何者ぞ。そのような不届きな輩は」

梨本がいきり立つ。もちろん、正義感というより家斉への忠義心である。

「星屋五兵衛、それに、水戸家火薬役頭の百川刑部も関わっておるものと存じます」

「なんと、水戸家の……」

梨本の額を一条《ひとすじ》の汗が伝った。

「証はござりませぬ。それゆえ、町奉行所もお勢を解《と》き放《はな》てずにおります。それと、動機が今一つよくわかりませぬ。星屋が競争相手である鍵屋を潰そうというのはわかるのですが、お勢の父正吉を何故《なにゆえ》殺したのか。また、百川が何故水戸家に奉公しておりました二人の花火師を殺したのか。それを突き止めてから、番付目付として、星屋五兵衛と水戸家火薬役頭百川刑部を成敗致します」

千代ノ介は眦を決した。

「よかろう」

梨本も勇気づけられたようだ。

「ならば、これにて」

千代ノ介は辞去すべく腰を浮かした。すると梨本が、

「帰るのか」

「他に御用がございますか」

梨本は顔を大きくしかめ、

「そうではない。屋敷に帰るのかと尋ねておる」

「むろんのことですが、いけませぬか」

「何をのんびりと構えておるのだ。上さまの御心労甚《はなは》だしき時、番付目付たるそなたが惰眠《だみん》を貪《むさぼ》ってよいのか」

梨本は怒り出した。

惰眠を貪るとは、あまりに理不尽《りふじん》な言葉だ。酷暑の一日、炎天下を駈けずり回って来たのだ。報告を聞けば千代ノ介の労苦はわかりそうなものだ。いや、わかっていて難詰《なんきつ》しているのだろう。実に底意地の悪い男だと内心で腹を立てる。

それでも、すぐにも動くことがお勢の解き放ちにも繋《つな》がるのだと、己を鼓舞《こぶ》して立ち上がった。梨本はあくびを漏らした。首をぐるりと回し、拳を作って肩をぽんぽんと叩く。肩が凝っているようだ。いかにも気苦労が絶えぬ様子である。

「身がもたぬのう、などとは申せぬな。ここが忠義の見せ所じゃ」

言葉とは裏腹に、梨本は大口を開けて思う様あくびをした。

いい気なものだという梨本への不満を胸に使者の間を出ようとすると、廊下を足音が近づいてくる。梨本が怪訝な表情を浮かべたところで家来が入って来て梨本に耳打ちをした。梨本の表情が引き締まる。

「お通しせよ」

梨本が返事をしたと同時に、ばたばたとした大きな足音が近づいてくる。来客のようだ。

「どなたさまですか」

いくらなんでも家斉ではあるまい。

果たして、

「夜分、すまぬな」

入って来たのは、西の丸老中、水野越前守忠邦であった。

「越前さま、このようなむさ苦しい所ではなく、書院にて」

梨本が慌てて言った。

自分はむさ苦しい所で引見《いんけん》されていたのかという不快な思いが胸をつく。

「忍びでまいったゆえ、気遣い無用じゃ」

忠邦は言葉を裏付けるように地味な木綿《もめん》の小袖に袴、絽の夏羽織を重ねただけの略装だ。千代ノ介を見て、

「そなた、上さま直々の役目を担う者であったな。確か中奥目付、名は……」

「一柳千代ノ介と申します」

千代ノ介は平伏した。

梨本は腰を上げ、下座《しもざ》に移動した。忠邦はてきぱきとした所作で上座に座る。

「その方らが居合わせるとは好都合じゃ」

忠邦は言った。

梨本がもっともらしい顔で、

「我ら、片時も上さまの御用を忘れるものではございません」

「よくぞ申した。で、わしが参ったのは他でもない。出羽殿から聞いたのだが」

出羽殿、通称、「でわでわ殿」あるいは露骨に、「出目殿」と揶揄《やゆ》される老中首座、水野出羽守忠成から普請が成った楼閣に大砲を据えることが延期されたことを聞いたそうだ。

「いかなるわけじゃ」

忠邦は口調こそ荒らげていないが、目は怒っている。威圧されたように梨本は舌をもつれさせ、

「そのこと、一柳がよく存じております」

と、千代ノ介に向く。

まったく、都合が悪くなると千代ノ介に押し付けるとは、意地の悪さに加えて器《うつわ》の小さな男だと内心で梨本に毒づきながら、忠邦の厳しい眼差しを受け止めた。

「上さまにおかれましては、過日の水戸さま御屋敷でご検分なされし大砲、いたく感心なさったのでござりますが、それであるからこそ、今少し飛距離が欲しいとおおせでござります。よって拙者、水戸家火薬役頭百川刑部殿に上さまのご意向を伝え、百川殿も了承され、完璧《かんぺき》に仕上げた後に大砲は搬入されることとなりました」

千代ノ介は忠邦の威圧を跳ね返すように目を大きく見開いた。

「いかにも、上さまが望まれることはもっともである。しかしながら、楼閣の普請が成りながら、大砲を据えないでは単なる火の見櫓に過ぎぬ」

「ごもっとも」

忠邦の勢いに梨本はつい賛意を示してしまい、

「あ、いえ、その」

梨本が曖昧な言葉に逃げようとするのを千代ノ介は膝を進めて、

「仏作って魂入れず、でござります」

百川を説き伏せた理屈を持ち出した。

ところが忠邦は苦い顔を浮かべ右手を払《はら》った。次いで、

「言葉で飾るものではない」

ぴしゃりと否定した。

「では、越前さまはすぐにも大砲を据えよと申されるのですか」

「当然ではないか」

忠邦は大きく首肯した。梨本は目を伏せ言葉を返せない。

「しかし、百川殿は了承されましたが」

忠邦は、そんなことはどうでもよいと千代ノ介の言葉を拒絶しながらも、大砲据え付けが延期されることを受け入れてくれた。

ほっと安堵したところで、

「ここからが本題じゃ」

忠邦が、空咳《からせき》を一つした。

千代ノ介はがくっと拍子《ひょうし》抜けした。今までは前置きであったのかと気を新たにする。

「水戸家の大砲の据え付けが延びるのならば、代わる処置を取らねばならない」

嫌な予感がした。

「大川端に砲台を備える」

忠邦は言った。

「砲台とはいかなるものでござりますか」

千代ノ介が問い返す。

「両国橋の下流、大川の両岸に大砲を備える。そして、大川沿いに屋敷を構える大名方には屋敷内に櫓を設け、大砲を備えてもらう」

「越前さまが申されました大砲の備え付け、実施するならば秋以降と存じます。夏の間は花火が打ち上がり、川端には夜店が建ち並んでおりますゆえ。一方、秋の頃には楼閣に大砲が備えられるでしょうから、敢えて申されたような大掛かりな大砲の準備は必要ないと存じますが」

千代ノ介は上目遣いに疑問を示した。

「いいや、夏に行う。大川端に砲台の構築を急ぐ」

「しかし、申しましたように夏の間、大川端は夜店で賑わっておりますし、花火の打ち上げも行われます」

千代ノ介は不満を滲ませた。

「夜店だの花火だのは無用である。海防が叫ばれている時、花火などにうつつを抜かす者は不忠者であるぞ」

この言葉を家斉に聞かせたい。

三

「当節、贅沢華美に浮かれ騒いでおるものではない。寛政の頃の白河侯《しらかわこう》の政を見習わねばならぬ時と心得るが、君側《くんそく》の臣たるそなたならいかに考える」

白河侯とは、若かりし頃の家斉を補佐した白河藩主で老中首座であった松平定信、つまり、定信が行った寛政の改革と呼ばれる質素倹約を旨《むね》とした政を手本とせよと忠邦は言っているのだ。

忠邦の切れ長の目に射すくめられるように、梨本は身を縮めている。

花火や夜店、夏の夜を楽しむ庶民を否定する考えは受け入れ難い。喧嘩を売られたようなものだ。

千代ノ介は引いてはならじ、水野忠邦何するものぞの喧嘩心に突き動かされるように膝を進めた。

「越前さま、お言葉ではございますが、花火を見上げるのは町人ばかりではございませぬ。町人も侍も僧侶も、みなが等しく見上げ、夏の夜を楽しんでおるのです。花火に映るみなの顔には笑みがあります。泰平を楽しんで何が悪いのでございましょう」

忠邦は耳を指でほじくり、

「能書きはよい。泰平の世が音を立てて崩れようとしている時に、花火も夜店もあるものか。花火など打ち上げるのなら、大砲を放つべし。どう考えるか、梨本十郎左衛門」

梨本はうつむいていたが、忠邦から名指しされると、がばっと顔を上げ、

「いかにも、異国に備えるは大事、そのために大砲も必要とは存じます。ですが民には、そして世には花火も必要と存じます」

と、言った。

千代ノ介は内心で驚いた。忠邦も予想外の反撃であったようで一瞬口をつぐんだ後に、

「これは異なことを申すものよ。大砲と花火が等しいなどと、それでよく上さまの側近たる御側御用取次が務まるものじゃ」

「拙者、上さまに身命を投げ打ってお仕え致しております」

「言葉では何とでも申せる」

忠邦は冷笑を浮かべた。

梨本は引くことなく、

「越前さまは花火をご覧になったこと、ござりますか」

「あるに決まっておろう」

「何処でござりますか」

「城内かわが屋敷じゃ。見ておると申すよりは公務の合間に目に入ると申したほうが適切である」

忠邦は多忙であることを言外にぷんぷんと臭《にお》わせた。

「両国橋、あるいは大川端にてはご覧になられたことはござりませぬか」

「あのような下衆な所に足を運ぶはずはなかろう」

忠邦は論外だとばかりに否定した。

「下衆な所とおおせですが、民の暮らしぶりを見なければ政は行えぬと、拙者は愚考《ぐこう》仕《つかまつ》ります。両国橋、大川端で花火を見上げる民のなんと楽しげなことでござりましょう。民たちは意識せずとも、上さまの御威光にあまねく照らされておるのを目の当たりにできるというものでござる」

梨本は、幕府随一の切れ者と評判の高い水野越前守に対しても物怖じしていない。

「まさしく愚考じゃのぅ。よいか、民の顔色を見て何とする。民の顔色を窺いながら政などできようか。民とは無責任なもの。奴らは楽をしたがり、好き勝手を言って日を送るばかりぞ。梨本、お主には落胆した。もう少し、骨のある者と思っておったがな」

越前は不快そうにそっぽを向いた。

「御期待に適《かな》わぬことはわたしの不徳の致す所でございますが、大川端に砲台を築き大砲を備える、大川沿いの大名屋敷にも大砲を備えさせるという越前さまのお考え、上さまに言上致すことはできませぬ」

「わしの命が聞けぬと申すか」

忠邦の顔がどす黒く歪んだ。

「この梨本十郎左衛門、水野越前守さまの家来ではございませぬ。将軍家直参、すなわち、征夷大将軍徳川家斉公の家来でございます」

梨本は胸を張った。

忠邦は怒りと屈辱の余り全身をわなわなと震わせていたが、

「君側の奸《かん》とはおまえのことを申すのじゃ」

と、吐き捨てた。

「どうぞ、お好きに申してくださりませ」

「申した言葉、飲み込むな。おまえなど通さなくても困りはせぬ。御側御用取次の顔を立ててやろうと思ったまでじゃが、わしの思いを踏みにじられては致し方なし。わしに賛同してくださる大名方、なかんずく水戸中将さまと事を進めるだけじゃ。いや、既に水戸中将さまとは事を進めておるがな」

「どのように進めておられるのですか」

「おまえが知ることではない。夜分、邪魔を致したな」

忠邦は座を払うと大きく足音を響かせて、廊下を歩き去った。怒りで満ち満ちていた。

梨本はしばらく呆然として言葉を発しなかった。千代ノ介も黙っている。

すると、蒸し暑い空気に満ちていた座敷内に涼しげな風が吹き込んできた。見ると、忠邦は襖《ふすま》を開け放ったまま退散したのだった。庭から吹き込む夜風が涼をもたらしたのだが、忠邦という存在がいなくなったことで涼やかさが増したことは間違いない。

やおら、梨本が頭を掻き始めた。次いで、

「なんか、言ってしもうたな」

と、苦笑を漏らした。

「御立派でございました」

決して世辞ではなく、心の底から思った。そして、失礼ではあるが梨本を見直した。

「順調に出世街道を歩んでまいったが、これで望みは断たれたな」

梨本は言葉とは裏腹にさばさばとしている。

「梨本さま、御側御用人や御老中を目指しておいでございましょう」

側用人になれば一万石以上に加増される。すなわち大名になれるのだ。

「そんな野心を抱いたこともあったが、今はよい。越前さまの勘気を蒙《こうむ》ったから申しておるのではない。負け惜しみではなく、今のままがよい。上さまのお側近くにお仕えするのがな」

「何故でございますか」

千代ノ介は家斉の身勝手さに振り回されていることを梨本が嫌がっているのだ

とばかり思っていた。

「さてのう、何故かのう」

梨本はあれこれと思案をした後に、

「好いておるからかもな」

「好いておる……」

「臣下の身で好きとか嫌いなどとは不忠であるし、無礼千万なことではあるがな、わしはあのお方を好いておるのじゃ」

梨本は言った。

漠然とではあるが、千代ノ介にもわかるような気がした。

政には至って不熱心どころか無関心、身勝手で我儘《わがまま》、とても名将軍とは呼べないが、それも家斉自身の了見なのではないか。将軍が政に口出しすると民が不幸になる。政どころか、戦の指揮を執るようになったら、民は塗炭《とたん》の苦しみにのたうちまわることを受け入れたくはないのであろう。

泰平を楽しんで何が悪い。

泰平が続く間には泰平を楽しむのだ。

家斉の了見がお勢にも伝わったに違いない。お勢はひらひらさまが何者であるかは知らなくとも、この人に偽りはないと肌で感じたのではないか。

そんなことを考えていると、

「越前さまと水戸中将さま、共に手を組めば厄介《やっかい》となるな」

梨本はさすがに政のことを思ったのか、危惧の念を漏らした。

「水戸中将さまは非常に癖のあるお方。御老中方も持て余しておられると聞き及びます。それに、中将さまは本来越前さまとも特に親しくはないとも耳にしました」

「ところが、水戸中将さまも越前さまも、質素倹約を旨とし、贅沢華美は敵と考えておられることでは一致しておる。出羽さまが行われておる貨幣改鋳にも批判的じゃ」

梨本は言った。

その二人が手を組み、二人が目の敵《かたき》にする贅沢華美、そしてその象徴たる花火、斉昭と忠邦に言わせれば華美の際たるものの花火を撲滅《ぼくめつ》する動きに出ても不思議はない。

しかし、花火は華美ではあるが決して贅沢ではない。花火を見上げるに銭はいらぬ。

花火師たちは人々に笑顔をもたらそうと、汗と土にまみれ懸命に働いているのである。

守らねば。なんとしても守らねば。

しかし、いかにして守る。

忠邦は鍵屋の不始末を責め立て、全ての花火屋を潰しにかかるかもしれない。そうなる前に何とかせねばならない。

「では、失礼いたしまする」

千代ノ介は腰を上げた。

梨本も立ち上がり部屋を出た。

「一柳、頼むぞ」

梨本は言った。

千代ノ介は一礼して屋敷を出て行った。


夜道を走り、星屋へとやって来た。

裏庭に回る。てっきり寝静まっていると思いきや、篝火が焚《た》かれている。中では、五兵衛が竜太たちに指図をしていた。生垣の陰に身を潜ませて様子を窺う。

竜太たちは大八車を引き、庭の隅に設けられた土蔵に向かった。大八車には筵《むしろ》が被されている。鉄の薄板で覆われた堅固な土蔵の前で止まり、筵が取られた。

樽《たる》が積んである。

——酒か——

千代ノ介は訝しんだ。

いや、酒のはずはなかろう。酒ならこんな真夜中に秘密めかして運び込んだりはしない。

あの土蔵。

この前も気になっていたのだ。異常に堅固な造りで、壁は鉄の薄板で覆われている。水戸家蔵屋敷にある火薬庫と同じである。

すると……。

まさか、火薬庫か。

そんなはずはない。町の花火屋は火薬を使うことはない。

千代ノ介は息を呑んだ。

四

五兵衛が土蔵の錠前を開け、慎重に扱えと口を極めて注意をしている。五兵衛に急《せ》き立てられるように竜太たちが樽を土蔵の中に運ぼうとする。

しかし、足元が暗いため、

「おい、明かりだ。松明《たいまつ》を持って来い」

竜太が怒鳴る。

松明が近づけられた。松明に照らされた男の横顔に見覚えがある。竜太と一緒にお勢に嫌がらせをし、千代ノ介にあっさりとやられた花火師、名前は確か熊五郎といったはずだ。華奢な身体と喧嘩の弱さと名前がいかにも不釣り合いであった。

「そうだ」

千代ノ介は路傍《ろぼう》の石ころを拾うと熊五郎に投げつけた。石は松明に命中し、熊五郎は驚いた拍子によろめいて樽に松明を落としそうになった。途端に竜太が血相を変えた。

「気をつけろい！」

まさしくびっくり仰天《ぎようてん》の様子である。五兵衛も、

「馬鹿野郎、吹っ飛びてえのか」

と、怒声を浴びせる。

熊五郎は、すんませんと米搗《こめつ》き飛蝗《ばった》のように何度も頭を下げた。そんな熊五郎の腹を竜太は怒りに任せて蹴り上げた。熊五郎はうずくまった。別の男が松明を受け取り、竜太の足元を照らす。

「役立たずが」

竜太は熊五郎に唾を吐きかけ、土蔵に足を向けた。熊五郎はうなだれていた。

やはり、中身は火薬だ。

すると、火薬を何処から入手したのだ。そして、こんなにも大量の火薬を何にするというのだ。

「さ、全部運びな」

五兵衛に命じられ、竜太たちが慎重に樽を転がしながら火薬庫の中に入れた。

全部で十個あった。運び終えたところで、

「ご苦労だったな」

五兵衛は竜太に駄賃を渡した。

「明日の晩も頼むって、百川さまがおっしゃってましたぜ」

竜太は媚《こ》びるようにぺこぺこと頭を下げた。

「急に増えたもんだ。何かあったのか」

五兵衛は言った。

「よくわかりませんが、近々の内に方々の御大名から火薬がねだられるようになるって、百川さまはおっしゃってましたぜ」

「そりゃ、結構なことだな」

五兵衛はうれしそうだ。

「なら、あっしらはこれで」

「明日もな」

五兵衛は言うと、母屋に向かって歩いて行った。

大名たちが火薬を求めている。

水野忠邦が推し進める、大名屋敷に大砲を備えさせる企《くわだ》てが進行しているのであろう。

すると、竜太が五兵衛から受け取った駄賃を手下たちに配った。みな並んで受け取ったが、

「兄《あに》ぃ、あっしはこれだけかい」

　熊五郎が不満を漏らした。

「おお、てめえには一朱でも多すぎるぜ」

「冗談じゃねえ。みんな、二朱貰っているじゃねえか。あっしもみんなと一緒にしてくれよ」

「熊、名前だけはご大層だがな、名前に合った働きをしたらやるよ」

　竜太は薄笑いを浮かべると闇の中に消えた。熊五郎は一朱金を月にかざしていたが、舌打ちして石ころを蹴飛ばした。熊五郎は竜太に疎《うと》まれているようだ。

　竜太たちが出て行ってから、入れ替わるようにして百川が馬に乗ってやって来た。従者もつけず、百川は慣れた様子で母屋の裏口から入って行った。庭に面した居間の行灯が灯された。

　千代ノ介は裏庭を横切り、植え込みに身を潜ませた。幸いにも、夜風を取り込もうと障子が開け放たれている。

「百川さま、俄《にわ》かに火薬の需要が高まったのですな。聞くところによりますと、公方さまは、大砲の据え付けを延ばされたとか」

「いかにもそのとおりだ。この期《ご》に及んで、わしも中将さまも拍子抜けしたぞ」

百川は言った。

「てっきり、火薬の需要は落ちると存じましたが」

五兵衛は首を捻った。

「ところが、さにあらず。転んでもただでは起きぬ。わしが中将さまを焚《た》きつけたのだ」

百川は得意げに言った。

「どういうことですか」

「中将さまはな、海防のこととなると夢中になられる。よってな、御城に大砲を据えられるのを待たずに、別の場所に大砲を備えてはどうか、たとえば大川沿いの大名屋敷に大砲を備えてはと言上《ごんじょう》したのじゃ。中将さまはよい考えだと受け入れられ、海防について志《こころざし》を同じくする御老中水野越前守さまに献策なさった。水野さまは切れ者と評判のお方。迅速《じんそく》に大名方に根回しをされたという次第じゃ」

なるほど、黒幕は百川刑部ということだ。

「さすがは百川さま」

五兵衛はしきりと称賛した。

「よって、大名屋敷からの火薬の需要が増える。おまえに売りさばいてもらうぞ」

「任せてくださいよ。これまでどおり、大名家で雇われていた花火師を通じて火薬を売り込みますからね」

五兵衛は大張り切りである。

そういうことか。

おそらく、正吉も殺された水戸家の花火師為三と寅八も、百川による五兵衛への水戸家の火薬横流しを知ってしまったゆえに口封じされたのではないのか。

きっと、そうに違いない。

よし、ならば、今この場で取り押さえるか。いや、それでは、お勢はどうなる。鍵屋はどうなる。

「ところで、水野越前守さまは中将さまにも増して過激な考えのお方。大川沿いの大名屋敷に大砲を備えさせるだけでは飽き足らず、大川端にも大砲を備えさせようというお考えだ」

「なんと」

五兵衛の顔が不安に歪む。

「驚いたであろう」

「では、花火は何処で打ち上げればよいのですか」

「水野さまは、花火などは無用だとおおせだ」

百川の言葉に五兵衛は絶句した。それを慰めるように、

「火薬で一儲《ひともう》けしたら、水戸家の蔵屋敷に再び雇ってやる。鍵屋は潰れたも同然、玉屋も店を畳むしかない。星屋とても畳むことになるが、水戸家が保護をすれば、星屋のみ存続する。よって、来年からは花火は星屋が独占することになるのだ。やがて場所を替え、そうじゃな、大川の上流鐘《かね》ヶ《が》淵《ふち》辺りで花火を打ち上げることとなろう」

「なるほど、それはよろしいですな」

五兵衛は満足そうにうなずく。

「万事、いかにうまく立ち回るかだぞ。それができずば、世の中を渡ってはいけぬ」

「おおせのとおりでございます」

「これからは、海防で金を儲けるのだ。海防は金を要する。まさしく金儲けの宝庫じゃぞ」

「しかし、エゲレスやオロシャの船が攻めてくるのでございましょう。物騒な世の中になっては金儲けなどできたものではございません」

「そんなもの攻めてくるはずはなかろう」

百川は一笑に付した。

「ないのでございますか」

五兵衛の声が裏返った。

「ないとは決めつけられんが、今年はまずない。来年も再来年《さらいねん》も、ま、予想はできぬが、飢饉《ききん》や天災に備えるようなものだ。ただ、飢饉や天災は目に見えぬが、異国船は目に見える。殊更《ことさら》に騒げば、御公儀も放ってはおけぬ。出費を惜しむことはなかろう」

「なるほど」

二人は笑い合った。

「許せぬ」

千代ノ介は猛烈な怒りを胸に収めながら立ち去ると、鍵屋を目指した。

仁吉に会う。

仁吉に頼みができたのだった。

数日間、家斉は病に臥していた。

水野忠邦が面談を申し込んでも、病を理由に会おうとはしなかった。さすがに忠邦も無理強いはできない。苦虫を嚙み潰したような顔を梨本に向けたが、梨本は涼しい顔をしていた。


千代ノ介が南町奉行所を訪ねると、北村平八郎が緊張を帯びた顔で出て来た。すべてのからくりを打ち明けると、

「一柳さん、わし、何としても竜太たちを捕まえて見せますわ」

と、決意を示したものの、どうしていいのかわからないような当惑の表情を浮かべた。

「わたしに任せてもらえぬか」

千代ノ介は申し出た。

「何か考えがありますか」

期待と不安が入り混じった眼差しを送ってくる北村に、千代ノ介はずばりと言った。

「お勢を仮牢から出してくれ。無茶を承知でお頼み申す」

「そ、それは無茶ですわ」

北村は慌ててかぶりを振った。

お勢は両国東広小路の自身番から身柄を南町奉行所の女仮牢に移されている。

「だから、無茶は承知と申したではないか」

「そ、そうでしょうが」

北村は困った顔をした。

「いったい、お勢を解き放ってどうするというのですか」

「花火を打ち上げさせたいのだ」

「だから、そのためにはお勢の身の証を立てねばならないじゃありませんか」

「その身の証を立てるために、お勢に花火を打ち上げさせる。それが濡れ衣を晴らすことになるのだ。南北さん、わたしを信じてくれ」

千代ノ介の言葉に北村は迷うふうであったが、

「わかりました。何とかしますよ。一柳さんを信じてね」

北村はうなずいた。

千代ノ介は北村の案内で南町奉行所内に設けられた女仮牢にやって来た。取り調べが進めば小伝馬町《こでんまちょう》の牢屋敷に収獄され、南町奉行所の御白洲《おしらす》で裁許《さいきょ》が言い渡される。

格子を通してお勢の他、三人の女たちが縄で後ろ手に縛られて正座をしていた。うなだれている者、ふて腐れたように横を向いている者、北村に罵声を浴びせてくる者の中にあって、お勢のみは神妙に座っていた。

北村が格子越しに、

「お勢、そなたを小伝馬町の牢屋敷に移すことになった」

小伝馬町の牢屋敷に移すという名目で、北村はお勢を仮牢から出そうと考えたのだろう。

「承知致しました」

お勢は神妙に受け入れる。北村に罵声を浴びせていた女が、

「出せよ、あたしゃ盗みなんて働いてないんだ」

と、唾を飛ばしながら喚《わめ》き立てる。北村は落ち着くよう声をかけるが、女は膝立ちになって格子までやって来た。凄い形相で北村に食ってかかる。その横で千代ノ介はお勢を手招きした。お勢が格子に近づく。横の女とは対照的な落ち着き

を示しているが、その目は不安と無実だという信念が入り混じっていた。

「お勢、一つ頼みがある」

千代ノ介は言った。

「頼みったって、こんな身の上じゃ出来そうもないですよ」

お勢は苦笑で返す。

千代ノ介は穏やかに、

「花火を打ち上げてくれ」

「花火……」

お勢の顔が曇る。

「真夜中、大川の花火の打ち上げが終わってからだ。天空牡丹と満天ひらひら星を打ち上げて欲しいのだ」

「天空牡丹ですって」

お勢の顔が引き攣った。

「正吉から製法は習ったのであろう。打ち上げることはできるな」

「そりゃできるけど……。前にも言ったけど、おとっつぁんから打ち上げちゃならないって、釘を刺されたんだ」

「それを承知で上げてもらいたい」

「できない」

お勢は首を横に振る。

「正吉の仇《かたき》を討つためだぞ」

「仇って、じゃあ、やっぱりおとっつぁんは殺されたのかい」

お勢の瞳に炎が立ち上った。

「殺された」

「誰に」

お勢はもどかしげに身体をよじらせた。

「星屋五兵衛と百川刑部だ」

「あいつら」

お勢は唇を噛んだ。

「五兵衛と百川には罪を償《つぐな》わせなければならん。それには、天空牡丹を打ち上げてもらわねばならんのだ」

「よくわからないけど、あたしも腹を括《くく》るさ」

お勢は決意を示した。

「よし、話は決まった。あとはおれに任せてくれ」

千代ノ介は胸を叩いた。

横目で北村に話がすんだことを伝えた。北村はいきり立つ女を宥《なだ》め、こちらを向く。すると、小者がやって来て北村に告げた。鍵屋の花火師、仁吉が北村に面談を申し込んでいるという。仁吉は正吉からお勢のことを託された花火師だ。

千代ノ介も北村と共に仁吉に会うことにした。


同心詰所で仁吉は待っていた。一人の男を連れている。竜太と共にお勢に嫌がらせをし、鍵屋を裏切って星屋に行った男、熊五郎だ。小柄で痩せぎす、名は体を表さぬ頼りない男である。千代ノ介は星屋に忍び込んだ後、その足で仁吉を訪ねた。仁吉に熊五郎は竜太から疎まれていることを話し、熊五郎をこちらに引き込むことを頼んだのである。

熊五郎は千代ノ介を見ると身をすくませた。仁吉が、

「こいつ、白状しました」

仁吉は熊五郎を見た。

熊五郎は目を伏せて千代ノ介を見ようとはしない。仁吉は苦笑を浮かべ、

「熊の奴、竜太から疎まれ、駄賃の上前《うわまえ》を撥ねられたことを恨みに思って、白状しやがったんですよ」

するど熊五郎は堰《せき》を切ったように、

「竜太兄ぃ、ひでえんだ。駄賃の半分以上を撥ねやがって。そりゃねえよ」

あの晩の光景が思い出される。

熊五郎たちは危ない仕事をさせられた上に、竜太ばかりがいい思いをしていることの不満を並べていた。松明を火薬の詰まった樽に落としそうになったことをきつく咎められ、ぶん殴られたことにも深い恨みを抱いていた。

北村が十手《じって》を向け、

「洗いざらい、白状する気になったのだな」

熊五郎はすがるような目で、

「旦那、あっしゃ、竜太兄ぃと星屋の旦那に言われただけなんだ。だから手心《てごころ》を加えてくだせえよ」

「おまえの心がけ次第だな」

北村は十手で熊五郎の頬を叩いた。

「わかってますよ」

熊五郎は怯えた目でお勢への嫌がらせを語った。初めの内は、女だてらに花火師になろうとしているお勢を標的としたいじめであったという。それが、星屋からの引き抜きの話が持ち掛けられた。星屋五兵衛は鍵屋を潰そうと思っていた。まずは、評判の花火を打ち上げているのがお勢であり、お勢が正吉の娘であることを知るに及び、お勢に狙いをつけて花火が暴発するように、筒に火薬を混ぜたのだそうだ。

ところが思惑どおりにはいかず、火薬の量が足りなくて、お勢に危害を及ぼすまでには到らなかった。これを見ても竜太たちの花火師としての腕が知れる。

「汚い真似しおって」

思わず千代ノ介は熊五郎の胸倉を摑んだ。

「勘弁してくだせえよ。あっしは、言われてやっただけなんですから」

千代ノ介は怒りが収まらず胸倉を摑んだまま持ち上げた。熊五郎は足をばたばたとさせて、勘弁してくだせえと連呼した。

「同罪だと言いたいところだが、竜太と星屋五兵衛、百川刑部の罪状をしっかり証言することで勘弁してやる。但し、証言を翻《ひるがえ》したら、この手でおまえの首を落としてやるからな」

千代之介が睨み付けると、熊五郎はぐっしょりと襟まで汗で濡らし何度もうなずいた。

仁吉が、

「これでお勢ちゃん、解き放ちになりますよね」

「間違いなくな」

北村が請け負った。

仁吉は言葉には出さないが、一緒に連れて帰りたそうである。千代ノ介が察して、

「解き放ちは解き放ちだが、今夜、一緒に花火を上げて欲しいのだ」

「鍵屋が早速、再開できるのですか」

仁吉はうれしげに言った。

「いや、鍵屋の再開は明日以降だ」

「すると、今夜の花火というのは」

仁吉が首を傾げる。

「お勢に、一世一代の花火を打ち上げてもらうのだ」

千代ノ介の言葉にうなずき、

「よくわかりませんが、なんだか面白そうですね」

仁吉はにっこりとした。

五

千代ノ介は熊五郎を伴い星屋にやって来た。

熊五郎を睨み、

「いい芝居しろよ」

目に力を込めて文《ふみ》を手渡した。熊五郎は神妙な面持ちで受け止める。そこには今夜、天空牡丹を打ち上げると記し、差出人に正吉の名前を書き添えた。

「旦那、これ……、正吉さんっていくらなんでも」

熊五郎は抵抗を示したが、

「つべこべ言うな。五兵衛に渡せばいいんだ」

「でも、正吉さんなんて差出人の名前があったら、五兵衛の旦那はまともに取り合いませんよ」

「正吉の幽霊にでも渡されたと言え」

千代ノ介は熊五郎の背中を押した。熊五郎は星屋に入って行った。母屋の居間の障子が開け放たれ、縁側や庭先に五兵衛と竜太たち花火師や奉公人が宴《うたげ》を張っていた。熊五郎が入って行くと、既に酔った竜太から酔眼《すいがん》を向けられ、

「てめえ、今頃までどこをほっつき歩いていやがったんだ」

と、火薬の運び込みを怠《おこた》った熊五郎をなじった。熊五郎はぺこぺこと頭を下げながら五兵衛に文を手渡した。五兵衛は差出人を一瞥《いちべつ》してから、

「なんだと？」

吐き捨てながらも中身を読んだ。目をむき、

「天空牡丹を打ち上げるだとさ」

と、竜太に言った。

竜太は熊五郎を睨みつけ、

「てめえ、どういうつもりだ。ふざけるのも大概《たいがい》にしろ」

「ふざけてませんや。正吉さんの幽霊に渡されたんですよ」

途端に竜太は拳で熊五郎を殴りつけた。

「出て行きやがれ、この野郎」

竜太に怒鳴りつけられ熊五郎は、ほうほうの体《てい》で星屋の庭を飛び出した。

千代ノ介の所にやって来て、

「ご覧のとおりの様《ザマ》ですが、これでいいですかね」

熊五郎はぺこぺこと頭を下げ続けた。

「ま、いいだろう」

と、返事をしたところで馬の蹄《ひづめ》の音がした。馬上には単身、百川が乗っている。百川はそのまま星屋に乗り入れて行った。


千代ノ介はお勢と仁吉を伴い、大川の河岸、両国橋の上流にある星屋の打ち上げ場にやって来た。夜九つ（午前零時）を回り、川面に舟はなく川端に人の行き来もない。川面に十六夜《いざよい》の月が揺れ、せせらぎが静寂を際立《きわだ》たせていた。

仁吉がやって来た。年を取っているが、川岸を飛ぶように走って来る姿は躍動感に溢れていた。川風に揺れる鍵屋の半纏が誇らしげである。

「さあ、お勢、天空牡丹の花を咲かせてくれ」

千代ノ介の言葉に、お勢はしっかりと首肯した。

筒の中の小さな椀に硝石、木炭、硫黄を詰めてゆく。それを仁吉が優しい眼差しで見守っていた。

最後に、

「これはやっちゃいけないんだ」

火薬を少量加えた。

正吉が禁断の花火だと打ち上げを封印したのは、火薬を使うからだったのだ。

お勢は天空牡丹を打ち上げる筒を五つ用意した。芦の枝を差し、石で囲んだ中に入れると、倒れないように小石を詰めて固定する。

「いつでもいいよ」

お勢は千代ノ介に声をかけた。

「よし、盛大に上げてくれ」

千代ノ介は言った。

お勢は芦の枝に火を付けた。

火の玉が一直線に橙色の筋を描いて夜空を貫く。花火の優雅さとは程遠い、火矢の如き苛烈《かれつ》さに目を瞠《みは》った。これは打ち上げ失敗ではと危ぶんだところで、火の玉が爆《は》ぜた。次いで、耳をつんざく音が響き渡るや、火の玉が割れ、牡丹が花を咲かせた。

「おおっ」

これぞ、天空牡丹か。

千代ノ介は仕事を忘れて感嘆のため息を漏らした。仁吉も見上げて涙ぐんでいる。

お勢は気を緩めることなく、天空牡丹を打ち上げ続けた。

やがて、川岸をどやどやと大勢の足音が近づいて来た。

花火に映る男たちは五兵衛と竜太たちである。

千代ノ介はお勢と仁吉に両国東広小路の自身番に行くよう頼んだ。そこに、北村が捕方《とりかた》を連れて待機している。お勢と仁吉は夜陰《やいん》に紛れ、大川の河原を走り去った。

「てめえら、何者だ」

竜太の声が聞こえた。

やがて、千代ノ介に気づくと、

「ああ、あんた」

竜太は口ごもった。

「悪党ども、正吉の幽霊に誘われて出て来たか」

「姑息《こそく》な真似をなさるもんですな」

五兵衛が冷笑を放った。

続いて、百川がやって来た。

「百川刑部、水戸家の蔵屋敷から火薬を星屋に横流しするとは武士の風上にも置けぬ。海防を食い物にする不届きなる輩」

千代ノ介は言った。

「黙れ」

百川が怒鳴り返す。

「黙らぬ。星屋五兵衛、違法なる花火にて評判を取るとは許せぬ。加えて、花火師正吉、水戸家の花火師を口封じのために殺し、さらにはお勢を陥れ、競争相手である鍵屋を廃絶せしめんとしたこと明白だ」

「だったらどうした。あんた、何様のつもりだ。どうせ小普請組だろう。あたしらや水戸さま御家中の百川さまに手出しはできんぞ」

五兵衛は開き直った。

「ところが、手出しできる。おまえたちを成敗できるのだ」

千代ノ介は右手を懐中に忍ばせ手札を取り出し、五兵衛たちに向かってかざした。

長さは四寸、幅は一寸。黒檀《こくたん》に金泥《きんでい》で文字が記されている。

「蒙御免《ごめんこうむる》　勧進元《かんじんもと》征夷大将軍　源《みなもと》家斉」

名前の下に紺色の葵の御紋が鈍い煌《きら》めきを放った。

蒙御免、相撲番付表の中軸に書かれたこの言葉は、寺社奉行に認可された番付表であることを意味している。番付表に倣《なら》ったこの手札は、番付目付の役目遂行《すいこう》を将軍家斉が認めることを示すものだ。

蒙御免手形である。

「な、なんだ」

竜太が素っ頓狂な声を上げた。

「控えよ。畏れ多くも公方さまより下賜《かし》頂いた手札、すなわち番付目付一柳千代ノ介が申し渡す。星屋五兵衛、花火番付大関より転落だ」

千代ノ介は声を張り上げる。値は張りそうだが見慣れぬ手札、聞いたこともない番付目付などという役職に、百川や五兵衛たちはどうしていいかわからず戸惑っている。

百川が、

「番付目付などと、いい加減なことを申すな」

竜太たちも、「眉唾《まゆつば》野郎」などと騒ぎ出した。

「馬鹿にわからせるにはこれしかないな」

千代ノ介は腰の刀を抜き放った。

将軍徳川家斉より下賜された南泉一文字、無銘ながら、足利《あしかが》将軍家が所持し、豊臣秀吉《とよとみひでよし》の手に渡った由緒《ゆいしょ》ある刀だ。

更には、秀吉から嫡子秀頼《ひでより》に受け継がれ、慶長十六年（一六一一）、二条城で秀頼と家康が会見した際に、家康に贈られた。

むろん、凄いのは来歴ばかりではない。

星影を弾く刃文《はもん》は匂い立つようで岩をも断つ業物《わざもの》だ。

ところが、そんな南泉一文字の値打ちも竜太たちにはわからず、

「そんな鈍《なまく》ら刀、怖かねえぜ。野郎ども、やっちまえ」

竜太は手下をけしかけた。十人ばかりの手下たちは、匕首《あいくち》や長脇差《ながどす》、さらには火消しから調達してきたのか長鳶《ながとび》を持つ者もいる。

匕首を腰だめにした男が突っ込んで来た。千代ノ介は無造作《むぞうさ》に南泉一文字を下段からすり上げた。

男の絶叫と共に匕首を持った手首が切断され、花火さながらに夜空を舞ったと思うと大川にどぼんと落ちた。

「びびるんじゃねえ」

叱咤する竜太が及び腰になっている。

千代ノ介は男たちに躍りかかった。南泉一文字を縦横に振るう。切先《きっさき》のみを駆使し、敵の戦闘能力を奪う。長脇差を構えた男の指を切り落とし、匕首を向けてくる敵の耳を切った。

更には群れている敵の中に駆け入り、南泉一文字を左手に持ち、右手の拳で頬や腹を殴りつける。頬骨が折れる嫌な音がし、鼻血が飛び散る。

河原の上で手下たちがのたうち回る。河原を這っていない男たちが逃げ出した。長巻が捨てられる。

「だらしねえぞ」

竜太は唾を吐くと、長巻を拾い千代ノ介に向いた。目を血走らせ、めったやたらと長巻を振り回す。

千代ノ介は一歩も動かず右に左に体を動かし、長巻をかわす。長巻は空を切り続け、竜太の息が荒くなった。全身汗みずくとなり、足元が覚束《おぼつか》ない。

大上段に振りかぶるや、千代ノ介は南泉一文字を振り下ろした。

長巻の柄が切断される。間髪《かんはつ》を容《い》れず、南泉一文字が返された。河原に竜太の鼻が転がった。

五兵衛と百川を探す。

すると、石の礫《つぶて》が頬をかすめた。

逃げ去ったと思った連中が河原の石を投げている。

千代ノ介は南泉一文字を河原に突き立て鞘《さや》を抜くや両手で構えた。夜風を引き裂いて飛来する石を鞘で叩き落とす。

四方に飛び、中には川面を滑る石もあった。

叩き落としている内に楽しくなってきた。すると、悪戯心《いたずらごころ》が芽生え、相手目がけて打ち返す。何人かが悲鳴を上げる。

目の端《はし》に五兵衛が映った。

必死な様子で土手を駆け上がって行く。

「逃《のが》さんぞ！」

気合を発するや五兵衛に向く。折よく石が飛んできた。

千代ノ介は渾身《こんしん》の力を込め、鞘を振った。

鞘は石の芯を捉えた。

さながら弾丸と化し、一直線に五兵衛を襲う。

石が五兵衛の後頭部を直撃した。

五兵衛は土手を転げ落ちた。

河原に突き立つ南泉一文字を抜き鞘に納め、腰に差すと五兵衛に向かって歩き出す。五兵衛は手で後頭部をさすり、河原にへたり込んだ。

千代ノ介が前に立つと、五兵衛は両手を合わせ、憐《あわ》れみを請《こ》うた。百川の姿がないと思ったら馬の蹄の音が響いた。

そこへ、北村が捕方を引き連れてやって来た。お勢と仁吉もいる。

五兵衛に縄が打たれ、竜太たちも捕縛された。

その間にお勢は筒に硝石、硫黄、木炭を詰め始めた。悪党連中が引き立てられることも眼中になく、一心不乱に花火の準備をしている。

五兵衛たちがいなくなったところで、お勢は葦の枝に火をつけた。

しゅるしゅると葦の枝に火が走り、やがて花火が打ち上がった。

吸い込まれるようにして見上げる。

火の玉が橙色の尾を引きながら夜空に流れたと思うと、太鼓が打ち鳴らされたような音と共に弾けた。

無数の星屑《ほしくず》が舞い散り、ひらひらと星が瞬いた。

ひらひらの全てを目に焼きつけようと眺め続ける。数度の瞬《またた》きの後、花火ははかなくも暗黒の空に消え去った。

それでも、瞼《まぶた》を閉じれば鮮やかなひらひら星が打ち上がっている。しばし余韻《よいん》に浸っていると、

「一柳さま、本当にありがとうございます。これで、おとっつぁんも浮かばれます」

お勢は吉原被《よしわらかぶ》りにした手拭を取り、深々と頭を下げた。横で仁吉も腰を折った。

「お勢、今宵の満天ひらひら星はお父上のよい供養《くよう》だな」

「正吉さんも草葉《くさば》の陰でお勢ちゃんの満天ひらひら星を見上げていなさることだろうよ」

仁吉が言葉を添える。

お勢の目に涙が光った。

さて、あとは百川を成敗せねばならない。

六

千代ノ介は水戸家蔵屋敷に乗り込んだ。

御殿前の調練場で百川は待ち構えていた。大砲の横に立ち、家斉に大砲の検分を受けた時と同じく甲冑《かっちゅう》で身を固めている。家斉の面前ではないため、兜《かぶと》を被り面貌《めんぼう》で顔を覆っていた。

足軽姿をした五人の家来たちが鉄砲を手に千代ノ介を睨み付ける。

「夷狄を成敗する前に、この不届き者を血祭りに上げてやれ」

百川は足軽たちに鉄砲を放つよう命じた。

五つの筒先が千代ノ介に向いた。

千代ノ介は臆することなく南泉一文字を抜くや、逆手に持つ。

「放て！」

百川が命じた。

千代ノ介は右手だけで柄《つか》を摑んだ。

銃声が轟《とどろ》くと同時に、南泉一文字が目にも止まらぬ速さで回転した。

南泉一文字が弾丸を弾く。

跳ね返った弾丸が大砲に当たり、鋭い音を立てた。

足軽たちは動揺した。南泉一文字が回転を止めるや、千代ノ介は足軽たちに斬り込んだ。

次々と鉄砲の筒先が切断される。

更には再び南泉一文字を回転させた。足軽たちは気圧《けお》されるように後ずさる。

それでも、一人が斬り込んで来た。

回転を止め、千代ノ介は南泉一文字を横に払《はら》った。具足の胴が割れ、足軽は膝から崩れた。

「これぞ、南泉風車斬《なんせんふうしゃぎ》り」

千代ノ介が足軽たちを睨み据えると、みな逃げ散った。

南一文字を鞘に戻す。

と、頭上で銃声が轟き、足元に弾丸が食い込んだ。咄嗟《とっさ》に地べたに身を伏せる。

見上げると火の見櫓に登った百川が鉄砲を放っている。次々と鉄砲を取り換えては弾丸を浴びせてきた。

千代ノ介は腹ばいとなって大砲に向かった。その間にも弾丸に襲われたが、やがて、弾切れを迎えたようだ。

さっと立ち上がり大砲の横に立った。

百川は弾込めをしている。

千代ノ介は大砲を火の見櫓に向けた。弾丸を込め、発射の準備をした。点火しようとしたところで百川が気づき弾込めを止めた。

「おい、何をする」

百川の声が震えている。

「大砲の試し撃ちだ」

千代ノ介は淡々と告げた。

「馬鹿なことはするな」

「馬鹿なことではない。夷狄征伐に使えるかどうか、製造せし者で試してみるのだ」

「止めろ……、止めてくれ」

百川の懇願を聞き流し、千代ノ介は大砲に点火した。

砲弾が夜空を貫き百川に命中し、火の見櫓の屋根を吹き飛ばした。

百川の身体が夜空に消えた。

百川刑部の海防を利用した火薬横流しが明らかとなり、水野忠邦と水戸斉昭が進めようとした大砲備え付けの企《くわだ》ては頓挫《とんざ》した。

天守台には楼閣のみが屹立《きつりつ》し、大砲の備え付けは日延べされたままで、期限も定まっていない。

格之進は海防の意見書を必死でしたためようとしているが、気ばかりが逸《はや》り、何度も書き損じているようだ。やがて、夷狄による日本侵略という妄想から醒めれば、意見書のことも忘れるだろう。

騒動が落着してから鍵屋と玉屋の花火は夜空を彩っているが、星屋は闕所《けっしょ》となった。

水無月の晦日《みそか》、夜風に涼を感ずるようになった晩、千代ノ介は梨本と共に家斉のお供で天守台にやって来た。

家斉に差し出した最新の番付表には満天ひらひら星が東の大関に選ばれている。

打ち上がる花火を見上げながら、

「上さま、間もなく満天ひらひら星が打ち上がります」

梨本が家斉に楼閣に上がるよう勧めた。

しかし、家斉は夜空を見上げたまま楼閣に入ろうとはしない。

「上さま、いかがされましたか」

「ここでよい」

「ですが、楼閣にお上り召されたほうがよく見えるかと」

「余はここで見たいのじゃ」

「せっかくお造りになられたではございませぬか」

当惑する梨本を、家斉は次の一言で驚愕させた。

「楼閣、壊せ」

梨本は口を大きく開け、千代ノ介と顔を見合わせた。

「聞こえたか、十郎左。楼閣を壊すのじゃ」

花火の合間に、家斉は梨本と千代ノ介を見た。わけを問おうとするかのように
梨本が上目遣いとなった。

「花火は見下ろすものではない。見上げてこその花火ぞ」

家斉の言葉に、千代ノ介と梨本は夜空を見上げた。

「美しいのう」

家斉は言った。

三人は並んで花火を楽しんだ。

そこには、将軍も幕臣もない、等しく花火を愛《め》でる姿があった。

三人の顔には笑みが広がり、瞳には満天ひらひら星が映っていた。

双葉文庫

は-29-02

千代ノ介御免蒙る《ちよのすけごめんこうむ》
両国の華《りょうごくはな》

2016年7月17日　第1刷発行

【著者】
早見俊《はやみしゅん》

【発行者】
稲垣潔
【発行所】
株式会社双葉社
〒162-8540 東京都新宿区東五軒町3番28号
［電話］03-5261-4818(営業)　03-5261-4833(編集)
www.futabasha.co.jp
(双葉社の書籍・コミックが買えます)
【印刷所】
株式会社亨有堂印刷所
【製本所】
株式会社ダイワビーツー

【表紙・扉絵】南伸坊
【フォーマット・デザイン】日下潤一
【フォーマットデジタル印字】飯塚隆士

ISBN978-4-575-66787-5 C0193
Printed in Japan